U0106351

魔幻偵探所

2

尼斯湖擒怪

關景峰 著

新雅文化事業有限公司
www.sunya.com.hk

魔幻偵探所
人物介紹

南森

身分：魔幻偵探所創辦人、領頭羊

年齡：120歲

畢業學校：斯塔福德學院（伏魔系）

學位：博士

捉妖經驗：108年，獲得「捉妖能手」、「怪獸剋星」等稱號

性格：遇事鎮定、善於思考，生氣時聽到幾句好話氣就消了

最具殺傷力的武器：
顯形粉、綑妖繩、無影鋼鐵牆

海倫

身分：魔幻偵探所成員，南森的得力助手

年齡：13歲

畢業學校：劍橋大學（法術系）

學位：學士

捉妖經驗：1 年

性格：開朗、逢事觀察細緻，吵架時總讓着本傑明

最具殺傷力的武器：綑妖繩、凝固氣流彈

倫敦貝克街 1 號有一家 **魔幻偵探所**，
成員們精通魔法，法術高明，在一系列緊張
而又富於冒險性的偵探過程中，他們並肩作戰，
成功偵破了一宗又一宗錯綜複雜、
動人心魄的魔怪案件。

本傑明

身分：魔幻偵探所實習生

年齡：11 歲

就讀學校：牛津大學（捉妖系）

捉妖經驗：3 個月

性格：聰明淘氣、遇事毛躁

最厲害的戰術：非常規戰術

保羅

身分：魔幻偵探所機械狗

年齡：100 歲

工作能力：無所不知的電腦資料庫，善於用百分比分析事物

性格：異想天開、調皮、懶惰

最喜歡的食物：潤滑油

最具殺傷力的武器：追妖導彈

特級裝備

細妖繩

能夠對準魔怪迅速旋轉收縮，將它細緊綁實，繩子一旦落到魔怪身上，就像嵌入肉裏，魔怪越掙脫綁得越緊，當然放繩子時可要放得準才行。

無影鋼鐵牆

這堵牆其實就是氣流，它把氣流變成了無影無形的鋼鐵牆壁，能將敵人困在其中，衝不出去。

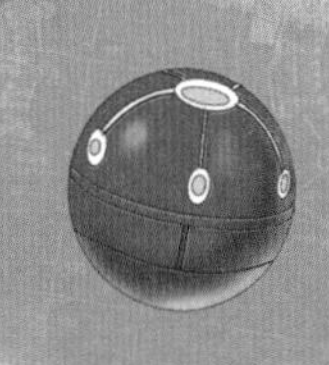

顯形粉

這是一種非常神奇的粉末，即使魔怪偽裝、隱形了也完全能顯現出它的原形。對了，「顯形」就是「現出原形」的意思！

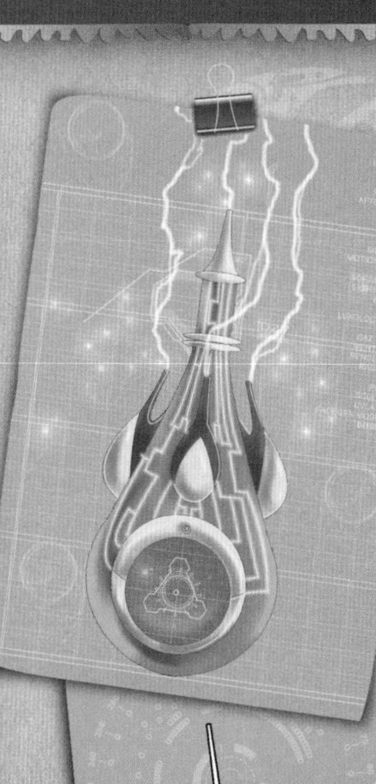

裝魔瓶

能把魔怪收進裏面，使其在三天內化成清水的神奇瓶子。即使魔怪身形再龐大，也能收進瓶內。

幽靈雷達

能夠準確測定氣流存在的方位，並及時發出警報的裝置。它能跟蹤、測定魔怪在哪裏。不過，如果魔怪的魔力非常強，幽靈雷達有時候也可能測不到，它的更強大的功能還有待你去改進！

追妖導彈

能夠自動尋找魔怪，進行智能追蹤的導彈，這種導彈威力比較大，一般魔怪根本抵抗不了。

魔幻偵探開始行動！

目錄

第一章　到了尼斯湖

在蘇格蘭高地郡的霞光照耀下，「高地子爵」號豪華火車飛快地向前行駛。太陽升起，大地復蘇，車窗外的一切都是那麼生機勃勃。

經過一個晚上的戰鬥，南森博士、海倫和本傑明都感到累了。機械狗保羅折斷的腿已經被博士接上，現在正趴在車窗邊看着窗外的景色。他旁邊臥鋪的上鋪上，本傑明還在蒙頭大睡，而下鋪上博士則正有節奏地打着呼嚕。

在格拉斯哥站，有將近一半的旅客下了車，剩下的旅客幾乎都是去尼斯湖旅行的。這些人無一例外都想看到傳說中的怪獸，然而他們誰又知道昨晚那驚險的一幕呢——一個魔怪就在他們身邊被擒。此時，旅客們都非常興奮地談論着即將開始的尼斯湖之旅，離尼斯湖越近，人們就顯得越興奮。

「南森先生。」乘務員馬丁和車長利奧出現在博士的包廂門外，馬丁輕輕地敲敲包廂門，「終點站因弗內斯快到了。」

聽到敲門聲，博士三人馬上醒了，海倫起來把門打開，保羅衝着進來的人直晃尾巴。

「謝謝你們提醒。」博士站了起來，他看看窗外，蘇格蘭大地特有的風貌在他眼前一一閃過。

「我代表本次火車全體人員再次向你們表示感謝。」利奧車長很激動地説，「昨晚多虧了你們。」

「沒什麼，手到擒來。」本傑明在卧鋪上探出了頭，魔怪一除，他又開始説大話了，「以後再有魔怪只管來找我們。」

「啊？」馬丁和利奧互相看了看，嘴巴張得大大的。

「還，還有魔怪呀？」馬丁的聲音有點發顫。

「哪裏有那麼多？」海倫站起來看了看本傑明，「你就會誇大其詞，嚇唬人！對吧，博士？」

「嘿嘿……」博士笑了，他看看馬丁和利奧，「是沒有那麼多，你們不用害怕。」

「那我們就放心了。」利奧微微一笑説，這下他終於鬆了一口氣。

此時火車已經明顯在減速，最後滑行駛入車站，停了下來。因弗內斯到了，車廂門一開，旅客們面帶微笑地陸續走下車來，一些孩子更是興奮地東跑西跳。很容易就能看出不少人是來旅行的，他們幾乎都裝備齊全，登山包、睡袋、帳篷等一樣不缺。有些人還帶了望遠鏡和攝錄器

材，看様子都是衝着那個湖怪去的。當然這些人並不都是去捉湖怪，但捕捉到湖怪的鏡頭卻是他們的共同願望。

相比之下，博士一行三人就不太像旅行者了。三人向出站口走去。這個站台不大，剛才肖恩主任已經給南森博士打過了電話，出站口有尼斯湖水上管理處的人來接他們。

下車後，海倫連着做了幾個深呼吸，蘇格蘭高地郡的空氣非常清新。

「他在那裏。」本傑明指着出站口的一個年輕人喊起來。這個人手裏舉着一張紙牌，上面寫着「南森先生」。

「你好。」博士向那個人走過去，「我是南森，這是我的兩個助手海倫和本傑明。」

「你好。」那個年輕人微笑着，「我是尼斯湖水上管理處的詹姆斯，抱歉，肖恩先生不能親自來，我們那裏實在……」

「你們那裏有很多令人煩心的事情。」本傑明接過話，「這我們知道。」

詹姆斯衝兩個孩子笑了笑。保羅湊近他，東聞西聞，尾巴直搖晃。

「你好你好。」詹姆斯馬上伸手摸摸保羅的頭，顯然他聽肖恩提起過這隻神奇的狗，「你就是保羅？」

保羅一邊點頭一邊搖尾巴以表示友好，但在大庭廣眾之下他不便開口。

「一直等着你們來，我們快走吧。」詹姆斯接過博士的行李箱，帶領大家向停車場走去，然後大家上了他開來的車。

從這裏到水上管理處有半個小時的車程。車子駛出去沒多久，就經過一座大橋。橋下河水奔流但不很急，河面上還有幾條小船順流而下。過橋後，車子開始轉彎沿着河岸向南開去。

「尼斯湖水通過這條河注入北海。」詹姆斯不失時機地介紹，「管理處在德拉姆納德羅希特，半個小時就到。」

目的地就要到了，昨天尼斯湖還是那麼遙遠。但今天馬上它就要出現在大家面前，可是那傳説中的湖怪，牠在哪裏呢？

「這些天湖怪活動頻繁，消息傳了出去，現在記者都跑來了，肖恩先生被搞得焦頭爛額。」詹姆斯一臉愁容地説，「前天傍晚有人説在一艘遊船上遇見了那傢伙，管理處不斷提醒遊客最近水上不安全，可是下水的船隻有增無減，還有不少人潛進水裏搜尋。」

「都是些什麼人呀？」本傑明很好奇，「他們要抓那湖怪嗎？」

「什麼人都有，多數是記者，還有一些冒險家，遊客中膽大的也往水下鑽。」説着，詹姆斯無奈地搖搖頭。

汽車飛快地向水上管理處所在地德拉姆納德羅希特駛去。聽了詹姆斯的簡單介紹，博士心裏也很着急，他把頭探出了汽車向前看去。正在這個時候，後面一輛車以極快的速度超了過去，只見那輛車的車尾有一行字——蘇格蘭電視一台採訪車。這個電視台在蘇格蘭最大城市格拉斯哥。

「看看，看看！」詹姆斯驚叫起來，電視台採訪車瘋狂超車的舉動嚇了他一跳，「格拉斯哥的記者這幾天到處跑，這些記者真是無孔不入。」

「看！——」正在這時，本傑明異常興奮地大喊起來，他的手激動地指向車窗外面，「尼斯湖！」

第二章　湖怪照片滿天飛

碧綠的尼斯湖一下躍入大家的眼簾，湖水隨風蕩漾，一切顯得那樣祥和和寧靜。可是誰又知道在這幽藍的水底下，卻隱藏着一頭神秘的怪獸呢。微風輕漾着湖水的氣息，清新濕潤，沁人心肺。

本傑明雖然是第二次來這裏，但是仍然很

興奮，他和第一次來這裏的海倫一樣把頭探出車窗外東張西望。保羅也湊熱鬧似的把頭伸向外面，好像湖上隨時會有湖怪的蹤跡出現。湖面上當然沒有什麼怪獸，但是有不少船隻，上面有許多人看樣子好像正在「探險」。

「果然挺熱鬧的呀。」本傑明笑了起來，他看看博士，然後用手指指湖面，「上次我來可沒看見這麼多船。」

「當然，有報紙懸賞五萬英鎊去徵集一張湖怪的照片，如果是錄影資料價格更高。」詹姆斯連忙解釋。

「有人拍到照片了嗎？」海倫緊跟着問。

「沒有。」詹姆斯歪頭看了一眼湖面上的船隻，他認為這些人都是徒勞，「目前擁有的照片和攝錄資料都還是幾十年前的，很模糊。」

「這次我們抓個活的給大家看看。」本傑明激動地叫了起來，還揚了揚拳頭。

「先別吹牛！」海倫有些不滿，「你總是把事情想得很簡單！」

「你總把事情想得太複雜！」本傑明回敬了一句，「有博士在還能不成功？」

「我沒說不成功，我是說沒那麼容易就能抓住湖怪！」海倫的聲音提高了一度，她看看博士，「我說得對吧，博士？」

「啊？」博士一直沒有說話，他在思考問題，猛聽見海倫叫他，看見她那副樣子，他知道兩個小助手又在鬥嘴了。

「你們不要老吵架，有什麼事情可以討論一下的。」博士一直很頭痛兩個助手沒完沒了的吵鬧，「我說詹姆斯先生，我們快到了吧？」

「馬上就到。」詹姆斯回答，「管理處緊靠着湖邊，就在前面。」

汽車稍微轉了個彎，又開了一分鐘左右，停了下來。尼斯湖水上管理處到了。這個管理處建在臨湖的一個小山坡上，離湖大約只有三四百米的距離。一行人下了車，湖面的景色盡收眼底，這裏真是觀光的好地方。

「南森博士，你們請跟我來。」詹姆斯提着博士的行李箱走在前面，箱子有些重，他提起來有些吃力。

尼斯湖水上管理處是一幢兩層的紅色小樓，外觀整潔漂亮。管理處門外停着幾輛車，其中有一輛停在進入大門的通道上。大家仔細一看，居然是剛才那輛瘋狂超車的蘇格蘭電視一台的採訪車，這多少有些出乎大家的意料。

「怎麼把車停在這裏？」詹姆斯不滿地嘟囔了一句。

「是啊，怎麼把車停在這兒？我們不能就這麼進去。」博士説着，站住了。

「博士，怎麼了？」本傑明問道。

「對，我們不能就這麼進去。我們不能讓記者知道我們來了，對嗎，博士？」海倫問道。

「是的，在一切事情未確定之前，我們的行蹤最好別讓記者知道，否則會有麻煩。詹姆斯先生，我們隱身進去，你照樣在前面帶路，我們會跟着你走的，到了辦公室裏面，我們再現身。」

「好的，好的。」詹姆斯還從來沒見過隱身人，聽見博士三人要隱身，非常興奮。

「看不見我的人也看不見我的形。」隨着三聲隱身口訣，三人一下子就不見了。

詹姆斯瞪大雙眼望向剛才博士三人站立的地方，小心翼翼地伸出手，「看不見人或許我可以觸碰到他們。」他想着。果真他的手被人拍打了一下，同時空氣中傳來了本傑明的聲音：

「詹姆斯先生，你碰不到我們的，除非是我們故意撞上去。你趕快帶路吧，否則我會敲打你的腦袋。」

「本傑明，不要調皮。」博士説。

「哈哈！」海倫笑道。

詹姆斯也感到自己的行為非常孩子氣，於是連忙帶路。

推開大門，詹姆斯走進尼斯湖水上管理處。管理處的門廳不大，牆壁上貼了不少圖片，內容大多是尼斯湖風光介紹，其中一張圖片引起了博士的注意。那是一幅黑白照片，上面有個長脖子的怪物，同牠的長脖子比起來這個怪物的腦袋不大，脖子正伸出水面像是在找尋着什麼，畫面很不清楚。照片下還有幾個大字和一行小字，大字是「傳説中的湖怪！」，小字是「霍華德攝於1954年」。

本傑明從網絡上收集到的資料中有這張照片，但是牆上這張要大很多。隱了身的博士立即走上前去仔細地看起來，本傑明和海倫也湊了上去。

詹姆斯仍舊往前走，他不知道三人已經停住了腳步，博士連忙示意大家跟上去。

此時詹姆斯正走上樓梯，只見迎面走下來兩個男人，其中一個情緒非常激動，他揮着手，臉漲得通紅。

傳說中的湖怪!
霍華德攝於1954年

「什麼管理處？！就知道賺遊客的錢，我都丟了五頭牛了！」

「他們現在也沒辦法。」另一個人勸他，「都是那湖怪幹的好事。」

「湖怪幹的，那我能跟湖怪要賠償嗎？」那個情緒激動的人顯得理直氣壯，「現在拖走牛，以後該拖走人了，這麼多天了也沒有防範

措施……」

兩個人大聲抱怨着走了。看着他們的背影，詹姆斯苦笑起來：「每天都有這樣的人來要求賠償，真沒有辦法。」

上了樓，左轉第一個房間的門半開着，門上的標牌上寫着「主任辦公室」幾個字，裏面有嘈雜的聲音傳出來。詹姆斯小心地推開門，只見有兩個人正圍着辦公室主任肖恩，其中一個還扛着攝錄機，另一個拿着麥克風對着肖恩。

「肖恩先生，有消息稱你們不採取對應措施，是因為要保護湖怪，以此來吸引遊客，而不理會農戶的損失，是這樣嗎？」拿着麥克風的人問。他穿着一件藍色上衣，年齡大概在三十歲左右，長着一個大大的鼻子。

「這些都不是事實。」看臉色肖恩有些生氣了，但是他仍保持冷靜，語調比較客氣，「我們會有措施的，有什麼新進展我會儘快通知你們新聞界，現在我還有事情，對不起……」

「具體措施是什麼呢？能不能告訴我們……」大鼻子記者窮追不捨。

「很抱歉，我現在還有事情。」肖恩看見了站在外面的詹姆斯，衝他點了點頭，然後對着那個記者很有禮貌地做了一個送客的手勢，「我的客人來了，你們請。」

詹姆斯穿着便服，記者不知道他是管理處的人。見肖恩如此說，那兩個人悻悻地收起了攝錄機和麥克風，往外走去。

記者一離開，詹姆斯就把門關上了，博士、海倫、本傑明和保羅立刻現身出來。

突然見到博士他們幾個平地裏冒出來，肖恩大吃一驚，但想起在倫敦時見過博士他們的神奇之處，他很快就鎮靜下來。他握着博士的手說：「終於盼到你們來了。唉，真頭痛，現在不光是索賠的農戶，記者也來了不少，真難纏呀！」

「格拉斯哥來的吧？」保羅晃着尾巴說，「蘇格蘭電視一台的？」

「是呀。這些記者太難應付了。」肖恩說，「今天還好，來的記者和農戶不算多，前天這屋裏全是人，現在他們都去掙錢了。」

「啊？掙錢？」博士他們不明白了。

「拍一張湖怪照片就能掙五萬鎊，誰還老在我這裏糾纏。這邊賣照相機、攝錄機的商店都發財了。」肖恩苦笑着解釋，「我想這個地區目前人均相機持有量應該排世界第一位了。」

「原來是這樣。」博士微微一笑，明白是怎麼回事了，「現在情況怎麼樣了？」

「你們先坐下來，情況可複雜呀，唉……」説着肖恩歎了口氣。

突然，門外傳來敲門聲，詹姆斯一開門，就見剛才那個穿棗紅上衣的大鼻子記者站在門口。

「怎麼又回來了……」

「對不起。」那個記者笑笑，他指指房間的一角，那裏有個黑色的袋子，「三腳架忘記帶走了。」

詹姆斯馬上把三腳架拿給他，然後把門關好，接着給三人沖了杯熱咖啡。這個辦公室設施比較簡單但很整潔，透過窗戶可以看到外面尼斯湖美麗的景色。博士他們坐到沙發上，肖恩拿起桌子上的一份文件簡單地看了兩眼，開始介紹情況：

這幾天仍然有農戶丟失牛羊，但是數量比以前少。農戶們一直抱怨水上管理處故意不理會湖怪的事情，目的是吸引遊客前來，甚至有傳言湖怪就是水上管理處養的。目前水上管理處和當地警察局的處境都比較被動。由於新聞界發布了高價徵集湖怪相片的消息，現今尼斯湖地區來了很多記者和探險家，其中一些人還偷偷攜帶了武器，準備侍機捕殺湖怪。

每天都有偷帶武器的傢伙在湖面上開着船隻來回遊蕩，有時剛好湖面上浮起一塊木頭，兩岸的照相機閃光燈就閃個不停，然後就是無數條船爭先恐後地向那塊木頭疾駛。由此已經發生了多宗碰撞事故，有好幾個人差點因此溺水。

與此同時，偽造的湖怪照片滿天飛，到處有人向記者兜售湖怪照片。這些照片千奇百怪，就連倫敦動物園的河馬照片也被拿來冒充尼斯湖怪獸。不少遊人抱怨受到騷擾，因為兜售照片的傢伙們可分不清誰是記者，只要看見挎着照相機的人他們就上去搭話。魚目混珠的照片當然騙不了人，目前湖怪照片的交易金額還是零。

尼斯湖兩岸幾乎所有的農戶都受到利益驅動沒有心思幹農活了，他們也紛紛挎着各種攝錄設備在湖邊或者水面上轉來轉去。現在尼斯湖地區的牛奶要到一百公里外的地方去訂，蔬菜肉食價格更是飛漲。雖然有些牛被湖怪拖走，但是絕大多數牛都在，不過主人都無心去飼養牠們了。地區政府為此非常着急，但都束手無策。

水上管理處現在承受的壓力很大，肖恩真希望博士他們馬上就能抓住這個湖怪。此外肖恩還有一點擔心，那就是誰也不能保證湖怪以後不會襲擊人類。

「那天聽你説好像有五個人失蹤了？」博士關切地

問。

「哎，這個事情現在搞清楚了。」詹姆斯接過話，「這五個人是想發財的探險家，他們租了條船在湖上搜索，發現水下有奇怪移動物，有人就向水裏開槍，緊接着一個大浪把船打翻了。船上的人漂到十公里以外的地方才上了岸，他們全因為驚嚇過度進了醫院，警察剛剛找到他們。」

「他們説什麼了嗎？」本傑明急於知道下文。

「都被嚇壞了，什麼都説不出來。」詹姆斯説着站了起來，他走到地圖前面，指着地圖某處説，「他們是在這裏翻船的，這地方叫因弗莫里斯頓，離這裏大概有十三公里，船上的人好像都喪失記憶了。」

聽到這裏，博士站起來也走到了地圖前。

「尼斯湖應該沒有那麼大的浪吧。」博士邊看地圖邊問。

「絕對沒有，我們這裏是內陸湖，天氣晴朗的情況下水面偶有波動，但不會很大。」肖恩也站到了地圖前，他用手指了指那個叫因弗莫里斯頓的地方。

「這是個線索。」博士表情十分嚴肅，他的兩眼一直盯着肖恩手指的地方，「他們——我是説那些落水的人現在在哪家醫院？」

「就在德拉姆納德羅希特鎮醫院，離這裏大概一公里遠。」詹姆斯回答道。

「一會兒我們過去看看。」博士回頭看了兩個助手一眼，海倫和本傑明衝他點了點頭。

「我們不能確保牠是否會主動攻擊人類，但是在牠有這種行為之前，一定要先抓住牠。」博士緊皺眉頭，斬釘截鐵地說。

肖恩和詹姆斯臉上露出了最近難得見到的笑容，他們對博士都抱了極大的希望。詹姆斯又拿來了不少資料，有很多是非常機密的文件，這也是博士他們必須要了解的，對捕捉湖怪會有很大幫助。

博士他們看了幾段有關湖怪出沒的錄影資料，不過畫面都非常模糊，這些錄影全是用普通攝錄機拍攝的，畫面抖動很厲害，看得出當時的拍攝者很激動。

「僅有這樣的影像，價值並不大。」博士看着錄影邊說邊搖頭。

肖恩看了看手錶，發現已經快下午一點了，客人們還沒有吃飯，他有點不好意思了。

「我看你們先安頓下來，趕緊吃飯，我光顧着談話了，真對不起。」肖恩略帶歉意地說，「我們可以邊吃邊談，飯後你們先休息一會。」

「沒關係。」博士微笑着説，「我們先放好行李，説實在的，不抓住那個傢伙，飯也吃不香，覺也睡不着呀。」

第三章　採訪湖怪受害者

詹姆斯為博士他們安排的住宿地方就在這幢樓的底層，三個人一人一個房間，保羅跟博士一起住。房間不大，但設施還算齊全。這樣就近安頓是為了方便工作，及早抓住湖怪是當務之急——博士他們自然理解這一點。

放好行李，詹姆斯領大家來到管理處旁邊的一個小餐廳。餐廳裏吃飯的人不多，一台懸空架置的電視正在播放廣告。肖恩叫了五份套餐，幾個人還真是餓了。本傑明狼吞虎嚥地吃起來，海倫在一邊叫他要注意保持紳士風度，要不是看肖恩和詹姆斯在，兩個人差點又爭吵起來。

「你們快看電視。」突然，詹姆斯小聲叫起來。

餐廳的電視剛才在播放廣告，誰也沒有在意。現在大概是播放新聞報道，只見畫面上出現了一個拿着麥克風的人，大家覺得眼熟，仔細一看，竟然是今天在肖恩主任辦公室遇到的大鼻子記者。此時他手持麥克風，眉飛色舞地出現在鏡頭前，他身後的背景就是尼斯湖。

「我是蘇格蘭電視一台的記者湯瑪斯，我現在在尼斯湖湖畔現場報道。」他稍微停頓了一下，「有消息稱尼斯

湖怪獸是尼斯湖水上管理處特意餵養的怪物，目的是吸引遊客，今天我們特地到水上管理處採訪，卻被非常粗暴非常野蠻地驅趕……」

海倫和本傑明都非常吃驚，今天肖恩接受採訪時的態度是比較客氣的，無論如何都談不上粗暴與野蠻，這些大家都是有目共睹的。

「看來格拉斯哥人對『粗暴』和『野蠻』這兩個詞有不同的理解呀。」博士看看詹姆斯和肖恩，聳了聳肩膀。

肖恩和詹姆斯苦笑着看了博士一眼，只是搖搖頭。

「不過我們有着極強的敬業精神。」叫湯瑪斯的大鼻子記者繼續他的報道，「我們找到了當地的農戶菲爾先生，菲爾先生養的牛已經丟失了好幾頭，他了解一些情況，現在我們就來聽聽他的述説。」

鏡頭一轉，菲爾出現在電視裏，原來也是「熟人」，他就是今天博士他們上樓的時候遇到的那個情緒激動的人。

「水上管理處的人有問題！」一上來，菲爾就激動地展開攻擊，「丟了這麼多牲畜他們也沒有什麼措施去防止，那水怪就是他們養的，從小養到大！我小時候就親眼看見他們往湖裏扔了不少小魚，現在想想肯定是在給那怪物投食……」

「他的想像力可真豐富！」一向沉穩的肖恩也不禁叫了起來，「我們曾經往湖裏投放過一些其他地區的魚苗，那是為了豐富湖裏魚類的種類。」

「是呀，魚苗能餵飽怪獸嗎？」詹姆斯接着説，「這個叫菲爾的去養牛實在太委屈他了。」

電視畫面裏的菲爾先生還在那裏指手畫腳。

「他們就會賺遊客的錢，反正我是不會善罷甘休的，我要控告他們養水怪。狗咬了人，狗的主人是要賠錢的，別以為我不知道這些。」突然他衝電視鏡頭猛揮拳頭，「我一定要他們賠償我的損失！賠我五頭牛！」

「非常感謝你，菲爾先生，祝你好運。」

鏡頭轉到湯瑪斯，這傢伙用大鼻子吸了口氣，表情嚴肅。

「以上是蘇格蘭電視一台記者湯瑪斯在尼斯湖現場的報道。」

畫面一下又換了，熒幕上出現了一瓶瓶裝水，背景是尼斯湖，還有畫外音介紹。

「請喝『湖怪牌』飲用水，『湖怪牌』飲用水採用尼斯湖湖水，甘甜可口，據悉湖怪就是常年飲用尼斯湖湖水而身強體壯力大無比的，湖怪湖怪，味道不怪！各大超市有售！」

伴着解説詞，電視上出現了一個像蛇頸龍一樣的怪獸，拿了一瓶「湖怪牌」飲用水一飲而盡，然後一頭扎進水裏，水上掀起一個漂亮的水花。

大家都想看接下來的報道，全都停止了進餐，不過廣告過後，那個叫湯瑪斯的沒有再出來，畫面上出現了大海的畫面，接着是海面一些小船上的工人在清理污染物的鏡頭。

「繼續報道其他新聞，據悉在高地郡馬里灣發生了油輪碰撞事故之後，大面積的原油洩漏情況已經得到了有效的控制……」

「這些記者真是捕風捉影！」見沒有湖怪的報道了，詹姆斯悻悻地說。

「不要去理他們。」肖恩看看窗外，若有所思。

「你們放心，博士一定能解決這個問題的。」海倫安慰他們說，接着又看了看博士。

博士還在認真地看着電視新聞報道。

吃過飯，博士謝絕了肖恩讓他們休息一下的安排，執意要去醫院找那幾個湖怪受害者。博士辦事就是這樣，他

從來不拖拉，乾淨利落，講速度更講效率，這也是海倫和本傑明佩服和學習的地方。

海倫飛快地跑到管理處的房間裏牽來保羅——剛才大家吃飯的時候他在房間裏休息。然後詹姆斯開車帶領大家前往醫院。車剛啟動不久，保羅突然很警覺地抬起頭，而且不停地搖動着尾巴。

「我好像覺得有人在跟蹤我們。」保羅説，他爬上座椅向車窗後面望去。

經保羅這麼一説，車上的人頓時有些緊張。車後面有幾輛汽車和一些行人，一切看起來如往常一樣。此次擒拿湖怪的行動是高度保密的，如果被新聞界報道出去，肯定會影響博士他們的工作，那些記者這些天正缺新聞材料呢。

「誰知道我們來這裏呢？」海倫有些疑問。

「可能有人認識博士。」本傑明解釋道，「博士破過不少轟動一時的案子，媒體曾有過報道。」

「本傑明分析得有道理。」博士説，「我們雖然可以隱身，可是卻不能無時無刻都隱身，但我們的行動還是盡量隱蔽些好，一旦被記者纏上就麻煩了。」

「老伙計。」博士拍拍保羅的頭，「我們被跟蹤的概率有多高？」

「我感覺被跟蹤的概率是50%，這是我最新統計的結果。」保羅剛才一直在進行資料統計，現在得出了結果。

對於這個模棱兩可的統計結果，博士也沒有辦法，但是情況看來似乎有些複雜。

詹姆斯和肖恩在一邊聽着人和狗的對話，覺得有些神奇還有些好笑，那種感覺一時很難表述。

很快大家到了醫院，得到了院長的同意後，大家來到了一位患者的病房。

病牀上的患者名叫亨利，他目光呆滯地躺在病牀上。那天就是他駕駛的船被巨浪打翻了。院長説幾個落水者中現在只有他神智還算清醒，其他幾個已經完全失去記憶了，連自己叫什麼名字都不知道。

「你們是誰呀，我不想待在這個地方。」亨利看見一下子進來好多人，好像不大高興，「你們放我走，我再也不來這該死的湖了。」

「我們是來幫助你的，你只需要回答我們幾個簡單的問題。」博士開門見山。

「我都跟警察説過了，我只不過往水裏開了幾槍，其他我什麼都不知道了。」亨利拒絕得很乾脆，他的眼睛裏充滿了恐懼，非常不友好。

博士衝保羅做了個手勢，保羅立刻跳上前對着亨利東

聞西嗅。

「他得了中度的瞬間失憶症。」保羅看看博士，「這個我能肯定。」

亨利看看保羅，目光仍然毫無變化，沒有正常人第一次看見能說話的狗時所出現的那種反應。

「什麼叫瞬間失憶症？」肖恩問。

「就是由於在沒有防備的情況下，人在極短的時間裏受到了猛烈的驚嚇刺激，導致失去了某個時間段的記憶。根據他現在的樣子判斷，他們幾個人應該是這麼多年來在最近距離裏看到湖中怪獸的人。」博士解釋道，「他得的是中度的失憶症，估計他那幾個連名字都忘了的伙伴是重度的症狀。」

博士掏出隨身攜帶的急救水，他要喚醒這個人的記憶。海倫接過急救水給亨利喝了下去，馬上這個受到刺激而神智不清的人兩眼開始放射出神采，臉色也好看了許多。

「那天你們看到了什麼？具體情況請你給我們說一下。」博士問。

亨利看看博士，目光也溫和了一些，大家都急切地看着他。

「你們是……」亨利問道。

「我們是水上管理處的。」肖恩馬上說，「希望你能把那天的事情講一下。」

「那天……那天我們幾個人想拍攝湖怪的照片賺點錢，早上六點多就從湖的最南端下水，準備由南向北進行全湖大搜索。」亨利微微抬起身子，回憶起來，「沒錯，我們甚至想一路搜索到出海口，希望能拍到照片或者錄影。」

「你們有什麼特別設備嗎？」博士問。

「我們有聲納。」亨利說，「那天我們的運氣實在是好，剛下水聲納就反應水下有東西在移動。」

「你們確定是湖怪嗎？」提問的換成了肖恩。

「聲納顯示那個東西體積龐大，不是湖怪是什麼？」亨利記憶的閘門被打開了，「我們就追呀追，那傢伙向北游動，速度很快，但是已經被我們的聲納鎖定，大概到了因弗莫里斯頓，那傢伙停了下來，我們的一個同伴馬多就向水裏開了兩槍……」

眾人屏住呼吸聽他講述。

「開始牠還是一動不動，馬多又開了一槍，突然水面一陣波動，一個怪物腦袋浮了起來，我們看見了牠的腦袋。」亨利說着開始瑟瑟發抖，彷彿那個怪物就站在他的面前，「牠的腦袋幾乎有半輛轎車那麼大，眼睛有足球那麼大，太可怕了……我們都給嚇呆了……都忘了拍照……」

說到這裏，亨利全身不由自主地顫抖起來，身子開始蜷縮，博士連忙用手扶助他的肩膀，幫助他穩定緊張的情緒。

「……那傢伙張開了嘴，嘴裏一排排尖牙全都豎立着，像刀子一樣鋒利……」亨利說這話的時候抖成一團，眼裏充滿恐懼。突然，亨利閉上了眼睛，停止了他的敍述。大家也都受到他的感染，連大氣都不敢出。

「說下去。」博士拍了一下這個可憐的敍述者的肩膀，「你們應該都是膽大的人呀，還敢向水下開槍。」

「那是馬多幹的好事！」亨利顯出很憤怒的樣子，他惡狠狠地看看博士，「要不是他開槍，怪物就不會出來了……那個怪物出水後嘴張得很大，膽子最小的威爾當場就暈過去了，我想這下完了，接着一個大浪打翻了我們的船，我也暈過去了，醒了以後我發現躺在醫院裏，他們說是在離湖南岸十幾公里外的湖邊找到了我們，還好我們都穿着救生衣。」

「你能確定開槍打着牠了嗎？」博士問他，「湖面上有血嗎？」

「不知道，應該是打到牠了，否則牠不會發怒吧？」

「牠的皮膚是什麼顏色的？」

「是藍色的吧，好像也泛點綠。」亨利停頓了一下，「對了，牠脖子上好像有鱗片。」

「有鱗片？」博士禁不住叫了一聲，「什麼樣的？」

「有點像鎧甲那樣，很大，一片一片的……那種情況下我哪有心情仔細觀察呀……」

「像鎧甲的鱗片……」博士自言自語，他突然想起了什麼，「那牠腦袋上有沒有角？就是長長的那種角。」

「好像……好像……有吧……」

「到底有沒有？」博士追問道。

「我忘記了，那時我嚇壞了……」

博士沒有再問下去，他忽然蹲下身子在機械狗保羅身上按了幾下，不一會兒從保羅的肚子下面出來一張列印的照片，上面是一張古代蛇頸龍的復原圖。亨利驚奇地看着這一幕，肖恩和詹姆斯倒是有些習以為常的感覺了。

「這是一張蛇頸龍圖片，請你仔細看一下。」博士把圖片交給了亨利，「你看到的湖怪和這個一樣嗎？」

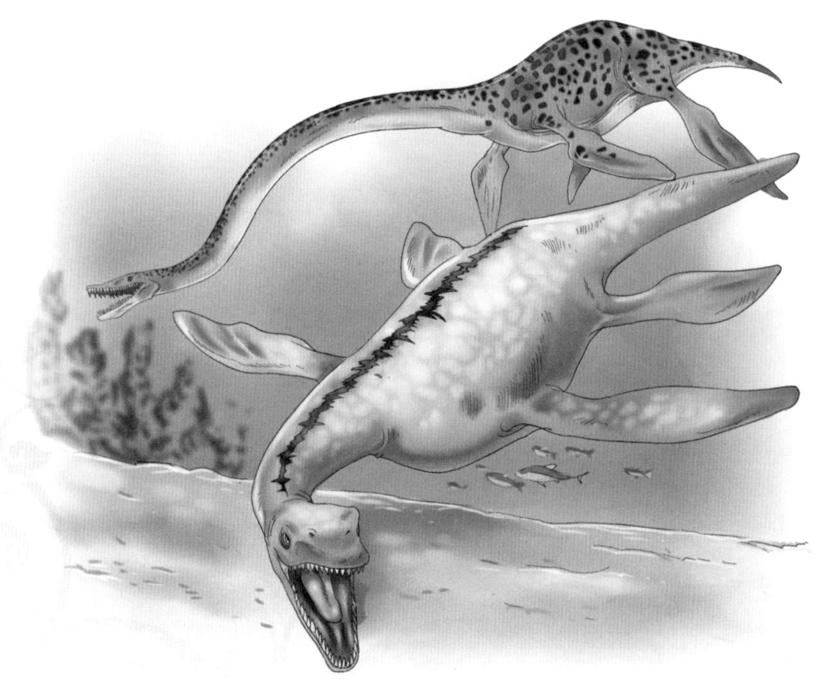

「大致有點像吧，我只看到那傢伙露出水面的長脖子和腦袋，那和圖片上差不多。」亨利接過圖片仔細看了一下，這張圖片嚇得他的手又開始發抖了，「身體顏色不太一樣，但牙齒一模一樣。」

「我十幾年前看見的那個湖怪好像也是這個樣子，顏色似乎是綠的。」在一邊的肖恩看着圖片説道。

「就是藍綠色的，和湖水差不多。」這回亨利用比較肯定的語氣説，「還有就是我覺得那個怪獸身上有鱗片，挺大的鱗片，和這張圖上的蛇頸龍皮膚不大一樣。」

「有鱗片……很好，非常感謝你，祝你早日恢復健康。」博士説着拍了拍他的肩膀，看樣子是要告辭了。

「可我那些朋友能好嗎？」亨利見他們要走，急忙問道。

「他們在兩個月內會慢慢恢復記憶，會知道自己是誰的。」博士推了推眼鏡，然後很是輕鬆地衝他笑笑，「也許他們會永遠丟失在湖上的這段記憶，但這未必就不是一件好事。」

第四章　發現水下不明移動物

離開醫院後，大家上了車。博士一坐進車裏就開始思考着什麼，本傑明和海倫都不敢打擾他，他們知道現在博士大腦裏的那些破案細胞已經開始啟動，這個時候他需要全神貫注。詹姆斯坐在駕駛員位置上並沒有馬上發動馬達，他和肖恩也知道博士在思考問題而不願意打斷他，車子靜靜地停在醫院停車場足有五分鐘時間。

「我們到離這裏最近的湖邊去，馬上就去。」博士對詹姆斯說。

汽車一下就開了出去，沒幾分鐘，汽車就開到了沿湖的公路上。很快，大家到了湖邊，下了車。

「保羅，這次你有什麼感覺嗎？」博士摸了摸保羅的頭，「有人跟着我們嗎？」

「好像沒有。」保羅確實沒有發現什麼，「這次我們被跟蹤的概率幾乎為零，這是我最新統計的資料。」

「那就好。」博士說。

本傑明和海倫非常高興地跑着到了尼斯湖畔。尼斯湖畔樹木成林，連綿不絕的樹林呈現出蘇格蘭高地郡特有的、憂鬱的綠色。

海倫走到湖邊彎腰蹲下，用手撥弄着湖水，湖水非常清澈，不過湖面上漂着幾條死魚，很難看。遠處的湖面上有不少船隻，上面都坐了很多人。有條船上的人看見了海倫和本傑明後，還向他們招手打招呼，他們二人也高興地向船上的人揮手。肖恩和詹姆斯不知道博士為什麼要馬上來到湖邊，難道他要現場捉拿湖怪嗎？其實海倫和本傑明也不知道博士來湖邊幹什麼。

剛才博士在汽車上拿了一瓶飲用水，一口氣喝完了。現在他帶着保羅來到湖邊，蹲下去用湖水反覆清洗着瓶子，最後灌了滿滿一瓶尼斯湖的湖水並蓋好蓋子。

為什麼南森博士要裝一瓶尼斯湖的水？

「哈哈，真不錯呀。」博士看看手裏的瓶子，然後又看了看肖恩他們迷惑不解的樣子，笑了，「這可是正宗的『湖怪牌』飲用水呀。」

大家都被博士逗笑了。雖然他們都不知道博士裝尼斯湖的水要幹什麼，但是博士這麼做應該有他的目的。

「我說肖恩先生。」博士走到肖恩身邊，「我現在需要你的幫助。」

「什麼事？你儘管說。」

「我現在想要一艘那樣的快艇。」博士用手指了指水面上一艘飛速駛過的快艇，「我想到湖面看看。」

「這個……」肖恩瞪大了眼睛，「現在就要嗎？現在下水可是很危險的……」

「我們會注意安全的。」博士說。

「我看你們還是先回房間休息一下吧。」詹姆斯走到博士身邊說。

「博士一定是發現什麼了。」沒等博士說話，海倫搶先說道，「如果你們不讓他到湖面上去，他回去也睡不着覺。」

畢竟是跟隨了博士很長一段時間了，海倫非常了解他，不過除了這點外，海倫另有打算，她非常想乘快艇去湖面上兜兜風。

「這個……我可以馬上安排。」肖恩看着博士認真的樣子說，「管理處有三艘快艇，我馬上叫他們開一艘過來。」

「那可太好了。」博士很高興，「非常感謝。」

「這沒什麼，不過你們要去哪裏？」肖恩有些疑惑，「要去很遠的地方嗎？」

「不會很遠。」博士看着湖面，「大概就在這一帶吧。」

「我馬上聯繫。」肖恩說着掏出了手提電話。

肖恩馬上打電話叫管理處的人開一艘快艇來。博士把海倫和本傑明叫到岸邊，保羅此時正在不遠處的一塊大石頭上跳來跳去，博士也把他喊了過來。和海倫一樣，本傑明聽說馬上要乘快艇下水，激動得都要跳了起來。

「我想我們到湖面上進行聲納搜索很有必要。」博士說道，「到了湖面上就讓保羅啟動他身上的魔怪預警系統。」

保羅身上安裝的魔怪預警系統也擁有聲納功能，而且功能極為強大，這套系統可是博士對付魔怪的重要武器，博士對這套系統經常升級換代。

「那我們去哪裏搜索那個怪物呀？」本傑明看看眼前這個狹長的尼斯湖，「湖面這麼大。」

「從這往南搜。」博士用手指指面前的湖面，語氣很堅定。

海倫和本傑明並不知道為什麼博士這麼肯定，突然，海倫好像想起了什麼，她走近博士。

「對了，博士，我來之前看過一份資料，以前曾有個科學考察隊，將24艘裝備了先進聲納設備的考察船排成一字長蛇陣，對整個湖區進行了拉網式的搜索，結果是一無所獲。」海倫慢慢地說，聽得出來，她的語氣略顯沉重，「我們就開一艘快艇能有收穫嗎？」

「你就會洩氣！」海倫剛剛說完，本傑明就不高興地叫了起來，「這就是你們劍橋的處理事情的風格嗎？」

「我只是問問，沒有洩氣！」海倫立刻也變得不高興了，她生氣地瞪着本傑明，「你們牛津的就會亂嚷嚷！」

「停止停止！」博士立即擺擺手，他看看本傑明，「海倫這不應該算是洩氣，她只是提出一些看法，我們魔幻偵探可是要從各個方面思考問題的。」

本傑明縮了一下脖子，然後衝海倫吐吐舌頭，海倫沒有再去理睬他。

「海倫說的有道理。」博士又往前走了幾步，湖面上有一陣微風吹了過來，遠處平靜的湖面上忽然泛起了一陣波浪，「其實我們既然來了就一定要到湖面上看看，保羅身上的預警系統應該比那些拉網搜索船上的儀器先進。」

「我的儀器絕對是最先進的。」保羅説道，他一直以他身上的那些設備而驕傲，「湖底的地形複雜，聲納的探測效果可能會不理想，不過請大家相信我身上的這套設備。」

正説着話，遠處傳來一陣馬達聲，只見一艘白色快艇飛快駛來。快艇在離眾人二十多米的地方停下來，駕駛快艇的年輕人衝岸上招招手。由於怕擱淺，快艇沒有靠近岸邊。

「肖恩先生，我把快艇開過來了。」

「好。」肖恩也衝他招招手，「你等一下。」説着他走到博士面前。

「博士先生，」肖恩指着湖的南面説，「往南不到四百米有個小碼頭，你們可以從那裏上船。」

「這個……」博士微微一笑，也朝南面看了看，「我看不要過去了。」

「什麼？」肖恩不解地問道。

「讓他上岸去吧。」博士指指快艇上那個年輕人，「我會駕駛快艇。」

「你要親自駕駛嗎？」詹姆斯走了過來問道。

「是的。」博士説，「也許我們會遇到一些危險……

你們又不會魔法……」

「危險？是的……但……」詹姆斯一時不知道說什麼好了，他突然看見了快艇上的那個駕駛員，於是便用手指着他，「我們還是要到碼頭去，他要從碼頭下來。」

「沒這個必要。」博士看了看駕駛員，又回頭看看後面的公路，然後扭過頭對海倫眨了眨眼睛，「海倫，現在這邊沒有人了，你來完成任務。」

「好的，博士。」海倫會意地對博士笑了笑，然後往前走了兩步，停下腳步看着快艇上的駕駛員。

詹姆斯和肖恩都一臉疑惑地看着海倫，他們不知道博士要海倫做什麼，本傑明在一邊看着海倫嘿嘿地小聲笑起來，這更增加了兩個人的疑惑。

快艇上的駕駛員一直盯着岸上，他也不清楚岸上的人在說些什麼。

「輕輕的身體輕輕地飄。」海倫對駕駛員唸起了口訣，「輕輕地飄到岸邊來。」

隨着海倫的口訣，快艇上的駕駛員一下就飛了起來。突如其來的變化，使他根本不知道發生了什麼，他哇哇大叫着，手腳在空中亂動。他「飛」得其實並不高，距離湖面也就兩米多的高度。看到這樣的景象，岸上的肖恩和詹姆斯的反應自然是——目瞪口呆——他倆也不大可能有其他表現。

突然，這個在空中手舞足蹈的人一下橫着飛了過來，速度有些快，這下可把詹姆斯和肖恩嚇壞了，兩人急忙躲閃，生怕被撞上。

「這是怎麼回事呀……救救我……」這個飛過來的人喊了起來。

「停！」海倫伸出食指衝着他點了一下，「輕輕落地，恢復正常。」

飛過來的人一下就坐到了地上，坐在地上的他馬上有了一種「找回自己」的感覺，不過他雖然找回了自己，但是對剛剛發生的事情仍然感到萬分震驚，嘴巴大張着，一直沒有閉上。

「好了，該我們了。」博士朝兩個助手點點頭，然後抱起了機械狗保羅。

魔幻偵探所的三個人面向那艘快艇，並排站好。

「輕輕的身體輕輕地飄。」三個人一起唸，「輕輕地飄到快艇上。」

在肖恩和詹姆斯兩雙瞪得不能再大的眼睛注視下，博士等三個人一起起飛，身體像是注入氫氣的氣球一樣，懸浮到了空中，他們在空中仍然保持着站立的姿勢，腳距離地面大約兩米高。隨後，三個人一起快速飛向停在湖面上的那艘快艇，博士的懷裏還抱着保羅。

「停！」到了快艇上方，三個人分別伸出食指指着自己，並齊聲説道，「輕輕落下，恢復正常。」

隨着口訣聲，三個人落到了快艇上，博士把保羅放下。這艘快艇一共有兩排座位，博士和保羅坐在第一排，本傑明和海倫坐第二排。一坐進快艇，海倫便用手撥弄着水面玩耍，而本傑明顯得很興奮，他一把拉住了博士。

「博士博士，你看我這次完成得還好吧。」本傑明問道，「沒有出一點錯，和你們一樣。」

「很好。」博士很滿意地說，「只要你不緊張，完成一套口訣其實並不難。」

「海倫，不要再玩水了。」保羅笑嘻嘻地說，「小心湖怪咬掉你的手。」

「你這個老保羅就會嚇唬人。」海倫說着也笑起來。

岸邊，肖恩和詹姆斯面面相覷，博士衝他們揮了揮手。

「肖恩先生，你們在岸邊等一會吧，我們儘快趕回來。」

「知道了。」肖恩聽到喊聲後反應過來，他也向博士揮揮手，「你們注意安全，保持聯繫。」

肖恩說完拉了拉詹姆斯的衣角，示意他到車上去，而詹姆斯沒有說話，他用手指了指一直坐在岸邊的那個人——就是剛剛被海倫唸口訣「空運」到岸上的駕駛員。他一直張着大嘴看着這裏發生的一切。

「走吧，邁克爾。」肖恩走過去拍拍那個人的肩膀，「你先回管理處吧。」

「啊？……」那個叫邁克爾的人好半天才緩過神來，他可憐巴巴地看着自己的上司，「肖恩先生，這都是怎麼回事呀？」

「要知道是怎麼回事我也能飛了。」肖恩一把拉起邁克爾，「他們是我請來的魔幻偵探。」

快艇上，博士坐到了駕駛舵前，他嫻熟地打開了馬達並把它調到最低檔，馬達立即啟動了，快艇一下就開了出去。

「電力驅動，真不錯，很環保。」博士開始評價起這艘快艇了，「方向舵很舒服，不錯不錯。」

「博士，你可真是多面手。」本傑明看着博士熟練地駕駛着快艇，很羨慕地説。

「開這個很容易。」博士看看本傑明和海倫，又看看

保羅，然後把馬達調到快速檔，「你們坐穩了，我要加速了。」

馬達的轟鳴聲隨即加大，快艇「嗖」的一聲在水面上飛了起來，坐在後排的本傑明和海倫的頭髮都被風吹了起來。

「哈哈哈，夠刺激……」保羅喊起來，他身上的毛也被風吹得飄飄揚揚。

博士開着快艇在湖面上兜了一圈，他想熟悉對這艘快艇的駕駛，開了幾分鐘後才把速度降了下來。在把快艇開到湖中央的位置後，他關上了馬達。

「老伙計，開開你的預警系統。」博士對旁邊的保羅說道，「我們從這裏開始往南搜。」

「博士，」本傑明聽了連忙問，「為什麼往南面搜呢？是你的直覺嗎？」

「我會告訴你的，不過這不是直覺。」博士簡單地回答道。

保羅按照博士的吩咐打開了身上的魔怪預警系統，同時他的後背升起了一塊顯示屏，通過它博士能很清楚地看

為什麼南森博士提出往南面搜尋呢？

到探測信號。

「好，好，老伙計，你開始向湖底發射探測聲波吧。」博士接着對保羅説道。

保羅啟動了身上的聲納裝置，聲波向湖底發射後，顯示屏上卻沒有什麼反應。博士仔細地盯着顯示屏，生怕漏掉了什麼。海倫和本傑明也探着身子盯着屏幕。好幾分鐘過去了，屏幕上什麼反應都沒有。

「保羅，你探探這裏的水深是多少？」博士命令道。

「好的。」保羅向湖底發射了一束聲波，很快顯示屏上有數據顯示，「大概有256米，夠深的。」

「是夠深的。」博士若有所思地説。

「保羅的聲納探測距離應該比這個深度長得多呀！」本傑明往湖面上望了一下。

「比這個距離長十倍。」保羅説道，「比以前那些來過的探測船上的設備強！」

「走吧，我們再向南開。」博士又打開馬達，不過他把速度調到了最低檔。

博士駕駛着快艇又向南開了幾百米，依然是沒有什麼發現，他眉頭緊皺，氣氛似乎有些緊張。

突然，一陣馬達聲由遠及近，一艘快艇向這邊駛來，這艘快艇是橘紅色的，比博士駕駛的這艘大。快艇駛近後，博士他們看見上面有六七個年輕人。這些人看見博士他們後就拚命揮手，快艇速度並不快，它慢慢靠了過來。

「怎麼樣呀，老先生？」一個扛着攝錄機，身上還挎着照相機的年輕人嬉皮笑臉地喊道，靠近後博士他們才發現，這些人都持着照相機，「拍到湖怪照片了嗎？這麼大歲數也不忘了掙錢呀，哈哈哈……」

「你們來這裏才是拍照掙錢的呢……」本傑明非常不高興，「我們是……」

「本傑明！」海倫馬上拉了本傑明一下，「別理他們。」

「看，他們還帶着狗找湖怪呢。」橘紅色快艇上的一個人發現了保羅，他挺興奮地叫道，「狗鼻子可聞不到湖怪呀，老先生真是想錢想瘋了，哈哈哈……」

在一陣哄笑聲中，橘紅色快艇和博士他們擦身而過。快艇掀起的波浪晃動着博士他們的快艇，博士看着他們的背影直搖頭。

「博士，我們下面有什麼東西在動！」保羅突然激動地喊了起來，「我敢肯定不是什麼大魚，比魚大得多！」

沒有誰再去理會那些嘻嘻哈哈的傢伙，一聽到保羅的叫喊，大家一下就撲到了保羅後背上升起的那塊顯示屏前。只見顯示屏上出現了一個亮點，這個亮點雖然有點模糊，但是不會影響保羅的判斷。極為關鍵的是——牠在慢慢移動。

「你確定不是什麼大魚？」博士非常激動地説，他的聲音聽起來有些顫抖。

「信號不是很好，但是我知道牠絕對不是魚，牠的長度起碼超過十米！高度不詳！」保羅也激動起來，他不斷接收聲納信號，「這裏水深285米，天啊，牠趴在湖底呢。」

「長度超過十米？!」本傑明喊了起來，「那肯定是湖怪！」

「我們運氣太好了！」海倫也叫了起來。

「博士，牠好像轉了個彎……」保羅繼續報告，其實從顯示屏上博士也讀出了同樣的信息，「牠在向西爬……牠又不動了……」

「這到底是不是湖怪呀？」本傑明好像不相信自己，他不停地拉扯着博士的衣服。

「應該是，應該是。」博士的眼睛沒有離開過屏幕，連眨都不敢眨一下，「本傑明，不要拉我的衣服。」

「啊！我們、我們發現湖怪了！」海倫緊張得握住拳頭，「本傑明，你、你、你別激、激動呀……」

「沒、沒，我沒、沒激動……」本傑明説話的聲音都

變了，「機不可失呀，抓、抓住牠！」

一貫穩重的博士被這突然遇到的情況搞得好像也有點不知所措了，他在努力使自己平靜下來。

「測一測牠是魔怪還是一般生物。」博士突然想起了什麼。

「可惜沒帶幽靈雷達。」本傑明跟着說。

「帶了也沒用，水太深了。」保羅遺憾地說，「目前還無法檢測牠是不是魔怪，只能用聲納鎖定牠。」

「管牠是什麼，只要能讓牠出水我就能用綑妖繩綑住牠！」海倫建議道，「然後再唸縮小口訣把牠變小。」

「是個辦法。」博士點點頭，這次他的眼睛離開了屏幕向四下望望，顯然他在觀察這裏的環境是否適宜捕捉怪獸。

「怎麼讓牠出水呢？」本傑明急忙問。

博士沒有立即回答他，他站了起來，向水下望望又盯着顯示屏看了一下。

「用保羅的追妖導彈！」博士靈機一動，他拍拍保羅的背部，「但是千萬不能傷到牠，把牠逼出來我們抓活的就行！」

「不能傷到牠？」保羅問。

「對！讓導彈在牠身邊炸開。」博士興奮地說，「只要把牠逼出來就行！這個傢伙遇到攻擊應該會反擊，到時候牠就出水了！」

「就這樣辦。」保羅有了一展身手的機會，全身都興奮起來。

「你只有三枚導彈，千萬不要一次打光！」博士囑咐道，「聽我的指揮。」

「是！」

「海倫準備好綑妖繩！」

「是！」

「你們都拉住扶手！」博士提醒大家，「如果沒法制服牠我們馬上上岸，注意安全！」

保羅的身體左側突然開出了一個洞口。博士看着顯示屏，他習慣性地推了推自己的眼鏡。

「好，保羅，向牠右側十五米的地方發射一枚導彈！」博士下了命令。

「嗖——」話音剛落，一枚鉛筆大小的導彈就從保羅的體內發射了出去。這枚導彈先是射向空中，然後突然直插湖底，「啪」的一聲，湖面翻起了一朵水花，導彈直向湖怪潛伏的湖底飛去。

顯示屏上，可以看見一個小亮點飛快地向表示湖怪存在的一個大亮點飛去。小亮點距離大亮點越來越近。這枚

導彈雖小，威力可不小。

「命中！」保羅突然喊了起來，他的話音剛落大家都感覺到快艇有些輕微晃動。

追妖導彈準確地在水底預期目標旁邊十五米處爆炸，爆炸產生的波動傳到了水面上，但是由於距離遠，水面的波動不大。

「快看，那個東西在向岸邊移動。」博士指指屏幕，「牠好像在逃跑！」

「是在跑。」海倫跟着説，「我們快追上去！」

博士已經啟動了快艇，顯示屏上那個大亮點移動的速度明顯加快了，博士駕駛着快艇，他努力將自己的位置保特在水下的移動物的上方，那個物體一直向湖的西岸移動。

「再打一枚。」博士又發出了指令，「記得只打到牠身邊。」

「嗖——」保羅又發射了一枚導彈。

沒過多少時間，水面又有些震動，第二枚導彈在距那個移動物在前方大概十幾米的地方爆炸。

「要不要再打一枚？」本傑明看着顯示屏説道，「牠好像不動了。」

「不會被炸死了吧。」海倫憂心忡忡地説，她緊張地看看博士。

「不好，牠上來了！」保羅突然叫了起來，牠探到了水下的移動物在快速上升，「牠的速度好快呀！」

「我準備綑牠！」海倫拿起了綑妖繩。

這時，水面顫動的幅度越來越大，快艇開始搖晃起來，而且這種晃動迅速加劇，大家都站不穩了。

「牠好像想頂翻我們！」博士恍然大悟，「大家小心呀，牠衝船底來了！」

水面的波動強烈搖晃着博士駕駛的快艇，快艇忽左忽右地搖擺不定，水下的移動物在急速上升，距離快艇已經不足五十米。

「快飛上岸！」博士一把抱起保羅大聲叫喊起來，他的聲音非常迫切，「船要翻了！」

「輕輕的身體輕輕地飄。」三人齊唸口訣，一起凌空飛起，此時他們距離岸邊不足二百米。

三個人剛剛飄起，快艇就被水下湧起的波浪打了個船底朝天。可憐的快艇肚皮朝上，晃了兩晃後一下就沉到水底去了。本傑明飄在空中看着翻沉的快艇，心怦怦地亂跳，「水下那個傢伙夠聰明的，不露頭卻直接上來頂船底。」本傑明想。

「喂——本傑明——」博士在岸邊喊了起來，他和海倫已經飛到了岸上，「快過來呀，那裏很危險！」

「小心湖怪咬你！」保羅也叫起來。

聽到博士喊他，本傑明才知道自己只顧看快艇忘了着岸了，聽到保羅的話他心一慌，差點忘了口訣。

「輕輕地飛到岸邊去！」本傑明唸了口訣，連忙向岸邊飛去。

快到岸邊的時候，不知怎麼搞的，本傑明一下忘了落地的口訣，他急得在空中手舞足蹈。

「大概是，大概是……」本傑明拚命地想口訣，「恢復正常輕輕地落下！」

「噗通——」還沒到岸邊就唸落下口訣，本傑明一下就掉到了水裏，不過還好水不深，博士和海倫馬上衝過去把他拉上了岸。

「看看，把口訣唸反了吧？」博士一下就知道本傑明掉到水裏去的原因，「叫你不要着急嘛。」

「唉——」渾身濕透的本傑明狼狽地說，「怎麼會這樣？」

「是啊，怎麼會這樣？」望着逐漸恢復平靜的湖面，博士感歎道，「還把管理處的船弄到水裏去了，哎——」

遠處的湖面已經恢復了平靜，那個水怪並沒有露頭。而他們的快艇，此時已經靜靜地躺在尼斯湖湖底了。

「牠游走了。」保羅說道，他仍然在向水裏發射聲波進行探測。他看看博士，像是等待博士的新命令，「信號越來越弱了。」

「我們走吧，本傑明要換衣服。」博士有些垂頭喪氣，「我還要向肖恩先生解釋這一切。」

博士掏出手提電話告訴了肖恩自己的大概方位。沒過一會兒，詹姆斯和肖恩就開車趕了過來。博士和海倫扶着渾身發抖的本傑明上了車，汽車馬上向管理處開去。

博士把剛才發生的一切都告訴了肖恩，他聽得目瞪口呆。雖然丟了一艘快艇，損失不小，可是卻已獲得湖怪的蹤跡，也算有很大收穫了。

「你是說碰上湖怪了？」肖恩非常嚴肅地問道，和丟失快艇比起來，他當然更關心湖怪，「牠還把你們頂翻了？」

「不能完全確定。」博士也很嚴肅地看着肖恩，「牠沒有出水，目前只知道是個龐大的水下移動物。」

「能找到牠的行蹤也好……」肖恩看看窗外，「沒人看見你們這些行動吧，你們飛來飛去的……」

「好像沒有，今天到這邊來的人並不多，沒有見到什麼遊人記者……」

「只有一艘快艇在我們攻擊那個水下移動物前來過。」海倫進行補充，「這邊人很少。」

「中午有人搞惡作劇。」詹姆斯邊開車邊說，「有人在湖的北端扔了一個充氣的湖怪模型，人們都去那裏了。」

第五章　兩種答案

車很快就開到了管理處，本傑明馬上去房間裏換衣服，博士和海倫也回到各自的房間休息。經過這次折騰，他們都感到累了，整個下午都在睡覺。

到該吃晚飯時，博士先醒來，他叫醒了海倫和本傑明。一起吃了晚飯後，博士召集大家研究案情。他們來到肖恩的辦公室，肖恩和詹姆斯已經在裏面等着他們了。博士徑直走到地圖前研究起來。他的手指不停地在地圖上劃來劃去，過了一會，他轉過身來發現人們都在注視着他。

「我知道你們在想什麼，不要着急，現在有點眉目了。」博士笑了笑說，「快艇不能白白沉到水底，我們的本傑明也不能白白掉進水裏。」

本傑明衝博士頑皮地擠擠眼睛，然後低下了頭。大家全都微笑着看着本傑明，這真讓他感到很不好意思。

「詹姆斯先生，需要你幫個忙。」博士說。

「有什麼事情你儘管吩咐，我們全力支援你的工作。」

「謝謝，我想要尼斯湖地區最近各宗牲畜丟失事件的地點、時間，還有數量的資料，你們這裏應該有記錄吧？」

「有的，不過我要到下面的資料室去統計，這需要一段時間。」

詹姆斯説着跑下樓查資料去了。

「肖恩先生，你能否和警察局聯繫一下，盡量減少湖面上的船隻，還有就是不要讓那些探險家攜帶武器進湖區，他們這樣做是很危險的，説不定還會傷害自己。」博士的表情一下嚴肅起來，「如果我沒猜錯，湖怪現在就在湖下，而且可能就在我們附近。」

「好的。」肖恩點點頭，「我馬上去聯繫。」

肖恩也匆匆忙忙地走了。博士又叫本傑明幫他把已收集到的有關尼斯湖湖怪的資料和手提電腦拿來。東西拿來後，博士叫兩個助手把其中一些目擊報告、有關湖怪和蛇頸龍外表對照資料找出來，自己則在電腦上查閱起來。

博士看了一會兒資料，然後又走到地圖前面。

「海倫，把那個裝湖水的瓶子拿來。」

「博士，到底是怎麼回事呀？」本傑明憋不住了，問博士。

「再取幾個資料就告訴你。」

博士把剛才那個裝湖水的瓶子打開，給保羅喝了一些，然後掀開他後背上的一個控制板，按了一些按鈕，沒過一會兒，一張表格就列印出來了。博士連忙查看資料，邊看邊點頭。

「好了，你們都過來。」博士招呼兩個助手，「有結果了。」

「那你快説呀。」本傑明非常着急。

「要抓湖怪，首先要知道牠到底是個什麼東西。」博士看着本傑明説，「由於我們沒有測出水下的那個移動物是不是魔怪，因此我有兩個答案，也就是説我有兩種分析。」

「兩個答案？」本傑明瞪大眼睛問道。

「對，兩個答案，第一個答案就是牠是遠古恐龍的後代，經過長時間的進化發生了變異，也許牠長出了鱗片，而且看上去牠的頭腦很發達！」

「恐龍後代？你的依據是什麼？」海倫睜大眼睛看着博士，對這個答案，海倫其實也不是特別吃驚，畢竟有很多人以前提出過這種觀點，但是海倫想知道為什麼博士會作出這樣的判斷。

「這個湖怪肯定不是什麼幽靈水鬼，如果亨利他們攻擊的是幽靈水鬼，那麼他們肯定會被吃掉。」博士口氣堅決，「要真是幽靈水鬼，下午我們肯定和牠在水面上來一場惡戰了！牠遭到人類的攻擊是一定會拼命的。」

「確實沒有湖怪主動襲擊傷害人類的事件，牠不大會是幽靈水鬼。」本傑明説，「那為什麼説牠可能是恐龍的後代呢？」

「現在還只是憑外形斷定牠是蛇頸龍的後代。」博士説着拿出一些有關蛇頸龍的資料。

博士收集的資料顯示，一個叫麥克索里的人曾經在尼斯湖湖畔發現了一塊1.5億年前的蛇頸龍化石。蛇頸龍屬於爬行綱的亞綱，是一類適應淺水環境中生活的類羣，牠的外形像一條蛇穿過一個烏龜殼，身體龐大，長達11至15米。既能在水中往來自如，又能爬上岸來棲息或產卵繁殖後代。蛇頸龍類可根據牠們頸部的長短分為長頸型蛇頸龍和短頸型蛇頸龍兩類。

長頸型蛇頸龍主要生活在海洋中，脖子極度細長，活像一條蛇，長頸伸縮自如，可以攫取遠處的食物。短頸型蛇頸龍較少見，脖子較短。這些恐龍嘴裏上下長滿了釘子般的牙齒，大而尖利，呈犬牙交錯狀，非常恐怖。

「亨利看見的湖怪體貌特徵跟長頸型蛇頸龍很相

似。」博士説，「蛇頸龍的食物好像多是水中食物，而不是牛、羊之類，不過這麼多年來牠的食物結構可能會發生改變。」

「可是恐龍已經滅亡了呀。」海倫問。

「也許有些僥倖存活了下來呢？」博士走到地圖前，「看這裏的地形，狹長的湖面雖然不大，但水深處近300米，並通過河流直通大海。這個湖終年不凍，魚蝦甚多，湖兩邊是陡峭的高山，我認同恐龍毀滅於6,500萬年前的地球遭到隕石撞擊的説法，但是這裏特有的高山環境也許是個例外。」

「你認為高山擋住了大碰撞產生的衝擊波嗎？」海倫好像有些明白了。

「對，高山能夠擋住衝擊波，一些恐龍如果潛到水下200米以下區域，也許有機會存活下來的。」博士推推眼鏡説，「當然，這只是推斷，牠們存活的機會的確很小，因為地球環境在被撞擊過後的很多年裏都極為惡劣，但是具體有多惡劣，能否有生物生存，現在科學界也沒有準確的説法。」

「這麼説這個傢伙真是恐龍的後代？」本傑明若有所思地説，「那還有另一個答案呢？」

「這個答案你們可能就要吃驚了。」博士説着微微一笑，「我的第二個答案就是這個湖怪不是恐龍，而是一條龍！一條神龍！」

「龍？神龍？」本傑明叫了起來，保羅也豎起了耳朵。

「你是説遠古時代那些守衞着水源和寶石，會飛會噴火的神龍嗎？」海倫小心翼翼地問。

「是的，就是你們只在教科書中見過的神龍！」博士補充道，「幽靈妖孽你們都見過還搏鬥過，但是神龍你們沒親眼見過，我也只是在一百多年前見過一條。」

「你怎麼覺得牠會是神龍呢？」

「總體來講，蛇頸龍和神龍的外表形態很相似。」博士很認真地説，「那個目擊者亨利説他看見的湖怪脖子上有鱗片，頭上好像有角，這些都符合神龍的特徵呀。」

「可是我好像記得我的教授説過，神龍已經絕跡了，怎麼會跑到這裏來呢？」本傑明開始刨根問底。

博士沒有馬上回答他，而是走到窗邊看看外面的尼斯湖。

「我想你們肯定學過，神龍大多是惡龍，牠們能噴毒噴火，噴出的火燄甚至能熔金化鐵，遠古時代開始牠們就

被那些邪惡的巫師馴化，幫助巫師作惡。正因為這樣，牠們連同那些馴養牠們的惡毒巫師都已經被正義魔法師消滅光了。」博士轉過身子看着助手們，「不過你們也應該知道，那個時代還有一種神龍，不會飛，也不會噴火噴毒，但能噴霧。牠們的性情比較溫順，巫師對這種龍沒絲毫興趣。這種龍被稱作『良龍』，牠們習慣在水下生活。良龍會噴霧，不過那是在遇到危險後為了逃命的掩護。牠們一般被一些貴族馴養，地位類似於寵物，遠古的時候很多貴族以擁有良龍為榮。」

「良龍……我記起來了，《地球怪獸大典》裏有過介紹。」海倫努力想着什麼，「不過記錄好像很短。」

「我想我的記憶體裏能夠查到。」保羅晃晃腦袋，他開始搜索身體裏的資訊存儲裝置，「你們等一下……查到了……不過有種説法説牠同惡龍一樣早就滅絕了。」

「這只是一種説法，大約一千多年前就基本上沒有惡龍或者是良龍的行蹤記錄了，現在魔法界也極少有人看到過龍。」博士點點頭，「不過一百多年前我倒是看到過一條被一位老魔法師養的良龍，這條龍那時只有四十多歲，個頭不大，是條年幼的小龍，身體顏色好像也是藍綠色的。」

「年幼的龍？」本傑明感到很驚奇。

「是呀，良龍和惡龍都是神龍族的，牠的壽命長達三四百年呢，四十歲的當然只能算是年幼了。」

「那倒是。」本傑明看看海倫，吐了吐舌頭。

「你覺得湖裏的那個傢伙會是良龍嗎？」海倫問，「除了你看到的那條，世界上其他地方還有良龍嗎？」

「古時候很多養良龍的貴族由於征戰被殺，一些良龍失去主人後就逃進森林大海，這些年極少看見有關良龍的報道了，估計生存下來的不多。」博士説，「蘇格蘭地區古時征戰頻繁，可能有些失去主人的良龍逃到尼斯湖地區，這裏向來都是森林茂密，湖泊眾多，還瀕臨大海。」

「這樣看來，湖怪也可能是良龍了。」保羅插了句嘴。

「有可能，其實良龍只是在年齡方面比蛇頸龍要長壽

很多，外貌上良龍的頭頸後長着八隻長角，身上有鱗片，其他方面無論從整體外形還是飲食來説，和蛇頸龍都沒什麼太大的區別。蛇頸龍吃草也吃肉，良龍吃肉也吃草，魚蝦都是牠們的食物，牠們還有個共同點就是都很溫順，從不惹是生非。」

「如果是良龍，那麼那些牛羊又是誰吃的？」保羅繼續問。

「是牠，不過牛羊只是牠的佐餐。」博士笑了起來，「湖裏的魚蝦才是牠菜譜上的主食。」

大家全都笑起來，博士笑着再次走到窗戶旁邊，指指外面的尼斯湖。

「也許這麼多年來人們追逐的湖怪就是良龍……」博士若有所思地説。

「這樣看，良龍和蛇頸龍還真沒什麼太多的區別，良龍只是會噴霧壽命也特別長。」本傑明走近博士，「不過不管湖怪是蛇頸龍還是良龍，以前人們很多次組織大規模搜查，怎麼就沒有找到牠呢？而我們這次好像很容易就探測到了。」

「人們搜索的時候湖怪可能不在湖裏，因為牠經常活動的地方是大海，而且湖怪肯定不僅是一隻而是一羣。」

博士又提出了一個新觀點。

兩個助手都沒有説話，而是睜大眼睛直愣愣地看着博士。

「如果那個湖怪是恐龍後代，那麼這個湖就是牠們遠祖避難的地方，在相當意義上就是牠們的老家。但是有資料顯示，現在湖裏的生物遠不如以往豐富，不可能養活這些倖存下來的恐龍族羣，所以牠們順流進入了大海。只是牠們也有與生俱來的戀家性，有時候要回到湖裏來，儘管由於人類的活動使這裏已經變得很不適宜牠們居住了。」博士繼續着他的推論，「同樣道理，如果湖怪是遠古良龍的後代，牠們也可能覺得這裏不適合生活從而進入大海，不過偶爾還會回來，看看老家。」

「我想也是，一條6,500萬年前倖存下來的恐龍不可能一直活到現在。」本傑明開始認同博士的觀點，「但不管是蛇頸龍還是良龍，牠們在大海的什麼地方居住？什麼時候回到湖裏來呢？」

「這我也説不清，我現在可以斷定的是有一隻或者兩隻湖怪從大海游到了湖裏，但是牠現在回不去了。」

「為什麼？」

「有條新聞提示了我。」博士説這話的時候比較興

犯罪對象、犯罪地點、嫌犯活動規律這三個要素是偵破案件的關鍵要點，本案推理如下：

奮，「就在中午吃飯的時候，新聞說在馬里灣發生的油輪碰撞事故產生的原油洩漏已得到了有效的控制，我剛才上網查了一下，發生事故的時間是在3月20日，而馬里灣就是在這……」博士指了指地圖上標注的馬里灣，尼斯湖水正是沿河注入馬里灣後流向大海的。

「在福特羅斯以東的海面上發生了油輪碰撞事故，原油洩漏很嚴重，由於現在還沒到雨季，河水向大海注入量小，再加上潮汐作用，海水會有倒灌現象，這樣尼斯湖水也被污染了。有報道說湖裏曾發現不少死魚，對此非常敏感的湖怪不但回不了大海，而且魚蝦少了，牠還得上岸捕食。」

「那你剛才採集湖水就是檢測湖水被污染的情況了？」海倫解開了一直皺着的眉頭，興奮地說。

「非常聰明的孩子。」博士笑了，「經過檢測，湖水受到了污染，那麼河口那邊的污染應該更嚴重。」

「博士，」本傑明叫了起來，「我太佩服你了，我要是有你的十分之一聰明，哪怕五十分之一也好呀。」

博士被他誇得非常得意，兩眼瞇成一條縫，說：「我還缺些資料，結論要有資料進一步的支持。」

三個人在主任辦公室裏展開了討論，博士還把自己一些推理的方式和方法傳授給海倫和本傑明，兩個助手聽得連連點頭。

說話間，詹姆斯手裏拿着一張紙跑了上來，博士急切地接過那張紙。

尼斯湖地區牲畜丟失統計表

時間	地點	丟失牲畜數量	
		牛（頭）	羊（頭）
3月21日	奧古斯都堡（湖的最南端）	6	12
3月22日	奧古斯都堡（湖的最南端）	5	25
*	*	*	
3月29日	因弗莫里斯頓（湖的中部）	5	10
*	*	*	
4月8日	德拉姆納德羅希特（湖的北部）	4	9
4月11日	德拉姆納德羅希特（湖的北部）	2	7

從這份表格，可以發現丟失牲畜的地點、數量有什麼變化規律？

博士抬頭看了看本傑明，「這就是我要的資料，本傑明，你說這都反映了什麼？」

本傑明接過那張紙看了一下，又看看地圖，非常自信地笑了，他說：

「第一，湖北端的馬里灣污染發生以後，丟失牛羊的地方都出現在湖的最南端奧古斯都堡，隨着污染的清除，丟失牛羊的地方開始北移；第二，丟失牛羊的數量在減少，說明湖水質量在好轉，污染減輕，死魚數量減少，湖怪也減少了上岸捕食的次數。」

「完全正確！」博士拍了拍本傑明的肩膊。

本傑明得意極了，旁邊的詹姆斯完全不明白，一會兒看看博士，一會兒看看本傑明。

「還有一點我要補充。」海倫舉手示意大家，「湖的最北端至今沒有發生過丟失牛羊的事件，說明那邊的污染還沒有完全清除，而那湖怪可能急於返回大海，現在已經北移到我們這一帶了。」

「有道理。」博士點點頭，「本傑明，這點你沒有想到，要向海倫多學習。」

本傑明不服氣地衝海倫吐吐舌頭，海倫白了他一眼。

「你們不是問我下午開快艇為什麼要往南搜索嗎？」

博士看看本傑明和海倫，「我説這不是直覺，是因為我覺得湖的南端污染程度較低，湖怪在這裏活動的概率要大很多，不過當時我沒有什麼具體資料，憑的是經驗。」

本傑明和海倫都信服地點點頭。

「亨利他們追殺湖怪是在3月23日，湖怪從南向北游了幾公里就不再前進了，那是因為北面的污染那時候還很嚴重。」南森博士説，「另外，就是根據丟失的牛羊數量看，湖裏應該只有一隻湖怪。」

「你們都説什麼呢？」詹姆斯着急了，「我都聽不懂。」

「一會兒再告訴你，我先問你一個問題。」博士笑着問一頭霧水的詹姆斯，「你們這邊畜牧業挺發達的吧？」

「這當然，漁業畜牧業是這邊的傳統產業，蘇格蘭牧羊犬可是聞名世界的。」

「我可能就是蘇格蘭種的。」保羅插了句話，把大家全逗笑了。

「農戶的牛羊是什麼時候丟失的？」博士繼續問。

「基本上是晚上，很多牲口棚都被那個湖怪撞破了。」

「發現丟失牲畜後，農戶們知道是湖怪晚上出來拖走牛羊的嗎？」

「當然知道。」

「他們都沒有採取什麼措施嗎？」

「只是釘緊牲畜棚的門板。」詹姆斯説，「農戶們從小就知道有湖怪，把湖怪當神靈看待，晚上都不敢出來，可是丟了牛羊又心疼損失，就來我們這裏要賠償。」

「那些探險家晚上出來拍照嗎？拍個怪獸抓牛羊的鏡頭也能賣錢呀。」

「他們都怕死，白天敢出來，晚上都躲在旅館裏，聽説有個別膽大的晚上也會出來，但是到現在仍然是一無所獲。」

「好！他們晚上不出來，我們出來！」博士站了起來，握了下拳頭，「明天晚上我們就把那傢伙抓起來。」

「什麼？」詹姆斯聽了，興奮地問道，「你説明天晚上就能抓到怪獸？!」

「對！今天時間不夠了，要不今天晚上就可以行動！」博士堅定地點點頭，「這還要你們提供些幫助。」

「你們只管説好了。」

正在這個時候，門被推開了，肖恩先生走了進來。

「我跟警察局説過了，他們也正在為湖面上船隻碰撞

事故增多發愁呢。」肖恩倒了杯水喝下去，「他們已經立即禁止那些探險家攜帶槍支上船，明天開始嚴格檢查湖面的船隻。」

「博士說他們明天晚上就能抓住那個湖怪。」詹姆斯馬上向主任報告這個好消息。

「明天就能抓住？」聽了這話，肖恩也很驚喜，「你們搞清楚那傢伙在什麼地方了嗎？」

「不要着急。」博士看了看手錶，「海倫，你先把我們的分析結果告訴主任和詹姆斯先生。」

海倫馬上把剛才博士的推斷原原本本地講述給他們聽，她邊說邊看着博士，唯恐遺漏掉什麼，博士在一邊點着頭鼓勵她。肖恩和詹姆斯聽着聽着，表情就從剛開始的驚奇轉變為最後的佩服，變化複雜。

「說實話，湖怪是蛇頸龍後代的推論還容易接受，可我真沒想到湖怪還有可能是神龍。」肖恩的表情很嚴肅，「博士的判斷很有道理，可是還有許多細節要進一步分析，據考察蛇頸龍好像是以水中食物為主，如果是湖水被污染，牠上岸捕食應該是迫不得已的。至於神龍，我還真的一無所知。」

「是這樣的，」博士對肖恩嚴謹的態度很認同，「如果這隻湖怪是蛇頸龍的後代，在這幾千萬年以來，牠們是否發生進化，是否由卵生進化到胎生，是否由於要進行繁衍才游回湖裏，是否在飲食方面發生了變化，這些都是要進行大量研究工作才能下結論的。如果這個湖怪真是神龍，也不用擔心，只要我們不去主動攻擊牠，牠對人類是沒有任何敵意的。神龍也吃肉，從前那些貴族有時也給牠們餵食些陸地上的家畜。」

「要研究的問題還真不少呀。」詹姆斯說。

「是的，不過現在我們的目的是要抓住這頭怪獸。」博士很自信地看看大家。

「抓住牠以後我們怎麼處理？」本傑明急切地問，「送到動物園去嗎？如果是良龍，我們要把牠送到魔法師聯合會嗎？」

「都不要送！」博士嚴肅地說，「越過污染區把牠放回大海，讓牠回到同伴那裏去。人類不要打擾牠們的生活，無論是恐龍還是良龍，牠們仍然存在於地球上的秘密，保持下去未必是件壞事。」

聽到這話，屋子裏的人都點頭認同，大家的確都希望湖怪和牠的伙伴可以自由自在地生活下去。

「對不起，我想問個問題。」詹姆斯小心翼翼地說。

「你講吧。」

「抓獲湖怪的時候你們會傷害到牠嗎？」

「不會，今天下午我們的導彈都是向牠身邊打的，不過下次這種攻擊牠逼牠出水的招術不能用了。」博士笑起來，「我自有辦法，牠可不好對付，挺聰明的。」

「挺聰明的？」詹姆斯問。

「是呀，這傢伙被我們用導彈攻擊後衝上來頂翻我們的船，牠應該是聽到了頭頂上一直跟着牠的馬達聲，牠能確定哪裏是對牠攻擊的源頭。」

「那、那是挺聰明的。」詹姆斯輕輕地點點頭，同時眉頭也皺了起來。

「你明晚要去抓牠，需要我們提供什麼幫助嗎？」肖恩在一邊問道。

「當然要你們的幫助，明天一早你們開車帶我們到這邊轉轉，找個適合行動的地方。」博士看看地圖，「明晚八點前還要準備好二百公斤新鮮牛肉，要絕對新鮮的。」

「就這些嗎？」肖恩問，他並沒有問博士要新鮮牛肉的原因，「這太容易辦到了。」

「這就可以了，其他就看我們的了。」

「我會安排人準備好牛肉的，明天上午還是讓詹姆斯開車吧。」

「好，那就麻煩詹姆斯先生了。」博士忽然想起什麼來，「還有，就是以後你們要想辦法使湖裏的魚類多起來，看來牠們經常回這個老家，食物如果不夠，牠們就會上岸拖走牛羊，這肯定會給農戶造成損失的。」

「這個問題我們會努力解決的。」

「其實如果馬里灣的污染清除了，牠會自己游回大海的。」博士走到窗戶邊看着外面的尼斯湖，「但是清理工作還要進行一段時間，湖怪滯留在這裏總會上岸活動的，萬一傷了人就不好了，亨利他們是運氣好呀！」

這時窗外剛好有輛車開過，一個人從車窗裏探出頭往樓上看，突然又把頭縮了回去，博士皺皺眉，也不知道是什麼人，索性不去管他。

「好了，我們現在的任務是……」

「是什麼？」本傑明和海倫一起問。

「接着去睡覺！」博士推推鼻子上的眼鏡笑起來，「好好休息，休息好了明天才有精神！」

「哎，我還以為你改變主意要馬上行動呢。」本傑明不無遺憾地說。

「你就是個急性子！」海倫又抓住機會批評他，「博士的計劃都是仔細安排的，哪裏會輕易改變。」

「你就是個慢性子。」本傑明回敬她，「早點抓住那湖怪，讓牠回到大海裏去，有什麼不好。」

「好了好了，你們不要吵了，我的耳朵呀……」博士用手捂起耳朵。

「我的耳朵呀。」保羅也學着博士的樣子捂起耳朵。

「哈哈哈……」辦公室裏傳出一片笑聲。自從前段時間發生湖怪出沒的事件以後，肖恩和詹姆斯是第一次笑得這樣開心。

第六章　新計劃

魔幻偵探所的三個成員回房間休息了。一直想馬上就去抓湖怪的本傑明頭一挨枕頭就睡着了——下午雖然他睡了一會，但是他還是很疲憊。

而在這個即將捉拿湖怪的關鍵時刻，肖恩和詹姆斯都留了下來，他們要在博士身邊以便及時提供幫助。

第二天早上，偵探所的三個人起來吃了些早餐，然後他們就由詹姆斯開車帶着去找一個適宜捕捉湖怪的地方。博士他們斷定湖怪急於回到大海——牠已經受到了驚嚇。現在隨着湖水污染區域的縮小，牠也在北移。一個重要的報告顯示，昨晚在德拉姆納德羅希特以北四公里的湖畔邊，一家農戶報告説丟失了三頭牛，很顯然湖怪應該在那附近。

汽車沿湖岸慢慢行駛，博士在車上仔細地觀察着岸邊的情況。湖面上一艘艘探險家的船又開始出動了，不過他們已經得到警察的通知，不能攜帶槍支上船。水面上也有警察的巡邏艇在值勤。

「我感覺現在我們又被跟蹤了。」保羅突然説。

「是嗎？」海倫馬上往汽車後面看了看。

車子後面是有幾輛車跟着，其中有的開得很慢，這很可能只是遊客放慢車速欣賞尼斯湖的美麗景色。此時，尼斯湖上初升的大陽斜射着，整個湖面被映紅了，兩岸綠樹成蔭，真是人間仙境。遊客放慢車速欣賞景色是非常正常的事。

「你有些疑神疑鬼呀，保羅。」海倫說，「被跟蹤的概率是多少？」

「50%，一直是這個概率。」保羅回答。

「沒什麼特別情況呀！」本傑明回頭看了半天，這次他和海倫的觀點是一致的。

「還是小心些好。」博士也回頭看了看，「詹姆斯先生，可以停車了。」

車停了下來。博士等後面的汽車慢慢開過以後才下了車，他來到湖邊，其他人和保羅也跟着下來。這個地方山坡不是很陡，有幾塊很大的石頭，湖邊樹木茂盛，看來博士是想藏匿在這個地方捉拿湖怪了。

「你選中了這裏？」本傑明問。

「選中這裏的概率100%，這我可以肯定。」保羅搖了搖尾巴。

「就是這裏了，保羅說的沒錯。」博士在湖邊來回走了一會兒，然後用手指指一塊平地，「詹姆斯先生，今天晚上十一點把新鮮牛肉放在這裏。」

「沒問題。」詹姆斯回答得很乾脆，訂好的牛肉會在晚上七點準時送到水上管理處。

「本傑明、海倫。」博士叫過助手，「我們晚上就藏在樹後面，現在我們回去，我要先具體布置一下行動計劃。」

臨走前，博士讓保羅用身體裏的攝錄機掃描了一遍這裏的地形。大家上了車很快就趕了回去，肖恩正在辦公室裏等着他們呢！回到辦公室後，海倫和本傑明馬上在沙發上規規矩矩地坐好，保羅也站到了博士身邊，大家都明白博士要進行具體的工作安排了。

「你們不要緊張呀！」博士看到大家都在緊張地看着他，笑了起來，「這樣子倒像是湖怪計劃抓我們一樣。」

大家都笑了，氣氛一下就輕鬆了很多，對於博士而言，這次行動的確不是他辦過的案子中複雜的那種。

「我計劃晚上到明天凌晨這段時間行動。」博士邊説邊把電腦的數據端口接到保羅身上，電腦顯示屏上立刻出現了剛才博士所選中地方的地形錄影，「這就是我們要展開行動的地方。」

沒有去過那裏的肖恩湊近顯示屏仔細看起來。

「晚上十一點準時把牛肉放到這塊平地上。」博士指着顯示屏說，「我們藏在樹後面。」

「你想用牛肉當誘餌吧？」肖恩問道。

「是的。」

「你確定牠會出來嗎？」肖恩問，他好像還是不放心。

「牠就在附近。」博士肯定地說，「湖水被污染後魚死掉一些，大家都知道還有幾條小河流入尼斯湖，但是這個湖怪太大，沒法進入小河，牠只能待在湖裏。湖水的情況現在剛開始好轉，食物肯定還不夠牠吃的。」

「那我們藏在哪裏？」肖恩看着顯示屏說。

「你們開着車在兩公里以外的地方等着，沒有我的電話千萬不要過來，你們不會法術，抓魔怪畢竟是個危險的工作。」

「不需要我們叫大型運輸車來運走湖怪嗎？」詹姆斯說出了他心裏的疑問，他奇怪博士始終沒有提及抓住湖怪後的事。

聽到這句話，博士和本傑明、海倫都笑了起來，詹姆斯被笑得莫名其妙，肖恩也是滿臉疑惑。

「不需要。」博士解釋道，他笑着衝詹姆斯眨眨眼睛，「我們有縮小術，可以把牠縮小到能放進你的口袋。」

「啊？」詹姆斯又吃了一驚。

肖恩突然想起他在倫敦的時候，博士給他看過兩個被關在瓶子裏的怪獸，的確都被縮小了，他衝詹姆斯點點頭。

「到時候你就知道了。」博士笑着對詹姆斯説道。

「我、我相信你。」

「海倫，你準備好綑妖繩，我一發指令你就拋繩子綑住牠的兩條前腿，我綑牠的後腿。」博士早就發現海倫拋出的綑妖繩又快又準。

「好的。」

「本傑明，你準備好裝魔瓶，但是裏面不要放毒劑，牠是我們要保護的物種。」

「好的，博士。」

「保羅啟動錄影錄音系統，拍下整個過程。」

「沒問題。」

「我們還要把這個跟蹤器放到牠身上。」博士説着像變魔術一樣從口袋裏摸出一個小盒子，「它有攝錄功能，傳輸的信號能達到一萬公里，電池可以用一年，我們要看到牠回到伙伴身邊才能放心。」

「你考慮得真周到。」肖恩佩服地説道。

「謝謝！我們的行動一定要注意保密，抓住湖怪後詹姆斯開車過來，然後我們去洛西茅斯，那裏的海水沒有被污染，我在那裏把牠復原後放到海裏去，當然以後要不要回來是牠自己的事。」

「我認為這是個很好的計劃。」肖恩笑了，「非常完美，抓住牠我們可要鬆口氣了。」

「我覺得還不夠驚險。」本傑明也發表自己的意見，「要再刺激點就好了。」

「還是危險性小一點好，不要那麼刺激。」海倫説。

「遺憾的是我不能親眼看見你們捉湖怪了。」詹姆斯特別想看博士他們的行動，但要是真叫他去，他又心存顧慮。

「我統計的結果是此次行動的成功率只有75%。」站在電腦邊的保羅發話了，「不是很高。」

「啊？不高呀！」海倫有些擔心。

「是不高，但必須進行。」博士拍拍保羅的頭，「大家都要謹慎些，幹我們這行辦每個案子都不可能有100%的成功率。」

「我們會小心的。」本傑明把眼光投向窗外的尼斯湖。

「也許會碰到一些新情況，要隨機應變。」博士也轉身看着窗外，「湖怪滯留在這塊被污染的水域，對牠自己和岸上的人都不是好事呀。」

「晚上有點冷，你們要穿厚些。」肖恩關切地說。

「好的，那我們再來演練一遍，推敲一下細節。」博士建議道。

幾個人再次坐了下來，對着計劃進行仔細研究。再次的推敲研究進行得很順利，本傑明恨不得馬上就到晚上，他一直覺得捉拿魔怪是個刺激的工作。

時間過得很快，在大家吃晚飯的時候，肖恩叫人預訂的二百公斤新鮮牛肉送來了。博士檢查了一下，確實非常新鮮，這對湖怪的吸引力應該是很大的。

第七章　意想不到的突發事件

晚上十點半，詹姆斯開車把博士等人送到預定地點，大家卸下牛肉，並把它擺在那塊預先選好的平地上。按計劃，詹姆斯和肖恩將車開到兩公里以外的公路上等候，博士他們則小心翼翼地躲到大樹後面，等待湖怪的出現。

夜晚的尼斯湖靜悄悄的，山坡上的公路沒有一輛車經過，敬畏湖怪如神靈的當地農戶根本不敢出門。而那些想發財的探險家們也不大敢在晚上出來活動，折騰了一個白天，住在各個旅館的探險家們都已經睡着了。

天空中月亮的光線由於受到幾縷雲彩的遮擋若隱若現，湖面上有微風吹過，輕微的波浪在翻動，水面反射出點點星光，岸邊樹木和小草在微微擺動。整個尼斯湖像是睡着了，寂靜得有些可怕。

四月份的尼斯湖天氣不是很涼。三個人在樹後面等了大約有一個小時，什麼動靜也沒有，本傑明有些不耐煩了，他動了動身子。

「怎麼還不來呀？」

「就是，牠今晚不餓吧？」海倫小聲說。

「不大可能。」博士壓低聲音，「現在牠只能在湖的南部找魚吃，那邊沒有多少食物。」

「急死了。」本傑明抓抓耳朵。

「有小蟲子咬我，真討厭。」海倫也撓撓腿，有幾個小蟲子正在圍攻她。

「再堅持一會兒，會來的。」

「來的概率在90%以上。」保羅在博士身邊小聲說，「這是我最新統計的結果。」

保羅的統計結果增強了大家的信心，博士看看手錶，已經是凌晨了。三個人緊張地盯着湖面，本傑明預感到有什麼事情要發生了，他緊握拳頭，身體有些發抖。

「不要抖呀。」緊挨着他的海倫更加緊張了，也顫抖起來。

「沒有呀，是你在抖！」

「是你們兩個在抖。」保羅說，「準確率100%。」

「老保羅！」海倫不太高興，「你真討厭。」

「噓——，不要出聲。」保羅說道，他的聲音非常小，好像也在顫抖，「我探測到有個大傢伙向這邊游過來了！」

聽到這句話，本傑明和海倫馬上不說話了，大家死死

地看着湖面。保羅的魔怪預警系統可是一直開着的。

沒過一會，只見湖面突然動了起來。「嗖」，「嗖」，從水裏猛地跳出了幾十條魚，高高地躍在空中然後又直落下去。緊接着，湖面被拱起，水聲很響，湖裏先聳立起一座小山，足有五六米高，接着一個怪物腦袋露出了水面，那腦袋足有一輛轎車大小。從露出水的湖怪頭頸

部位看，還不能馬上判定牠是遠古的蛇頸龍還是良龍的後代，距離有點遠，再說兩者外形也很相像。

藏在樹後面的博士三人瞪大了眼睛。冒出水的湖怪這時十分警惕地看着岸邊，牠稍微停頓了一下，然後游了過來，目標就是那些牛肉。

「嘩，嘩……」在巨大的水聲中，湖怪上岸了，牠的模樣已經完全暴露在三個人的視線下。這頭巨獸有十幾米高，絕對是龐然大物，上岸以後連岸邊高大的樹木都顯得矮小了，那氣勢壓得三個人都透不過氣來。

在博士眼裏，一切都真相大白了，面前的這隻巨獸絕對不是蛇頸龍，而是神龍的一種——良龍。牠後背布滿的鱗甲如同古代武士的鎧甲，尤其是牠的頭部和脖頸後面伸出的八個長角，明確無疑地表明了牠的身分。牠身上的顏色在月光下微微泛出一絲綠光，簡直就是博士一百多年前見的那隻小良龍的擴大版。

海倫和本傑明都呆住了，直愣愣地望着良龍。

良龍走到牛肉旁邊，先用鼻子嗅了嗅。

「噢——」牠非常興奮地叫了一聲，然後低下頭，一口就吃掉了將近三分之一的牛肉，牠應該是放鬆警惕了。

「海倫！」博士輕輕叫了一聲。

「啊？！」海倫回過神來，「什麼？」

「海倫，你準備好繩子！」博士説着也拿出了自己的綑妖繩。

「是！」海倫手裏汗津津的，她緊握着繩子。

良龍又吃了一口，一大半牛肉便沒有了，牠抬起頭吞嚥着食物，樣子非常貪婪，應該是餓壞了。柔和的月光下，這一景象真像是上億年前的侏羅紀時代。

良龍又低下頭，博士看時機已到，剛想發出拋繩子的指令，這時候一件意想不到的事情發生了！

就在不遠處的一棵大樹後面，突然冒出兩個人，他們快速跑過來，其中一個打開了手中拿着的照明燈對準良龍，另一個則舉起攝錄機。

「大衛！快拍！」拿着照明燈的人高喊，「好大的恐龍呀！我們發財了！」

這兩個人邊拍邊跑向良龍，可能是為了拍得更清楚。博士和兩個助手都驚呆了，這兩個不速之客完全打亂了他們的原先計劃。

在強光的照射下，良龍明顯受到了驚嚇，牠立即停止了進食，用憤怒的眼睛看着對牠拍攝的人。

「噢——」巨大的良龍狂叫一聲，聲音非常恐怖，牠突然張開了大嘴，一股霧氣一下就噴了出來，頓時籠罩了岸邊區域。

這下那兩個只想着發財的人害怕了，叫大衞的人慌亂中扔掉了手中的攝錄機向樹林裏跑去，拿照明燈的人好像「盡職」一些，逃跑的時候還拿着燈，但是慌亂中摔了一個跟頭。

良龍沒有追趕他們，而是轉身想回到湖裏。牠在轉身的時候，巨大的尾巴剛好將攝錄機掃進了水裏。就在牠前腿跨進水裏的時候，博士這才猛醒過來，急忙朝那團霧氣甩出了繩子，但他已經無法確定準確的方位了。

「海倫，拋繩子呀！」博士邊拋繩子邊喊在一旁仍在發愣的海倫。

但一切已經晚了，良龍瞬間消失在湖水裏，兩條繩子拋出後只碰到牠的後背，並落在湖面上，博士和海倫只好唸口訣收回了綑妖繩。湖水發出巨響並翻了幾個很大的浪花後，湖面很快歸於平靜。

三個人都非常失望地看着湖面，一動不動，剛才發生的一幕太出乎意料了。

「你這個蠢貨！」不遠處傳來叫罵聲，「蠢大衞！笨大衞！你怎麼把攝錄機丟了?!」

剛才那兩個人向湖邊走來，跑在後面的那個人不但罵罵咧咧，還用腳踢前面那個叫大衞的人。

「我説湯瑪斯，你不要急呀。」那被踢的人邊躲邊説，「明天撈上來就行了。」

「就算馬上撈上來也沒用了！」那人追着大衛又踢了一腳，「攝錄機一進水就完蛋了，你知道嗎？! 完了，我的錢沒有了……」

説着，叫湯瑪斯的人坐在地上哭喊起來。

「你別哭呀，還有機會的……」

「滾！到手的錢沒了，這段影片起碼可以賣100萬英鎊，你知道嗎？」

湯瑪斯？這個名字很快在博士腦袋閃過，他突然想起什麼。三個人走近那兩個偷拍者，看清了，他倆是那天在肖恩辦公室碰上的蘇格蘭電視一台的記者。

「這兩天就是他們跟蹤我們的！」保羅叫起來，「我有感覺，就是他們！」

看見三個人圍上來，湯瑪斯停止了哭泣。聽見狗會説話，他和大衛都瞪大了眼睛。

「啊！」大衛叫起來，「湯瑪斯，你説的沒錯，這老頭是挺厲害的，他養的狗會説話！」

「我、我沒説過……」湯瑪斯瞪着他的同夥，「你這個笨蛋！」

「對，對！」大衛發現説漏嘴了，滿臉皮笑肉不笑，「你沒説過他們是懂法術的人，我們也沒跟蹤他們。」

「閉嘴，你這個笨蛋！」

事情再清楚不過了，就是他們一直在跟蹤博士的行蹤。

「你們怎麼來的？!」博士厲聲問他們，「快説！」

「我、我……嘿嘿……」湯瑪斯假笑起來，「博士先生，我們一起合作吧，你再把牠引出來，我們給牠錄影，賣的錢我們對半分，好嗎？」

「合作？」博士忽然想到一個問題，「你先説説怎麼知道我們的行動的？」

「這個嘛……」湯瑪斯滿臉媚笑，他知道再也瞞不了什麼了，「偶然得知的，那天在管理處我回去取三腳架，在門後聽到你們的談話，於是我們就跟……不，保護你們了，暗中保護。」

博士想了想，原來是這樣。

「我們只跟蹤了你幾次。」那個叫大衛的接過話説，他好像還挺得意的，突然他提高了聲音，「只是幾次而已，這次你把我們領來了，嘿嘿嘿……」

「你這蠢貨！」湯瑪斯罵了他的同夥一句，然後又笑瞇瞇地看着博士，「是這樣的，我們跟着你，想、想……就想……保護你的安全。」

「閉嘴！」博士顯然是氣壞了，他揮舞着拳頭瞪着這兩個人，「你們這些唯利是圖的傢伙！」

「你別生氣呀，有錢賺有什麼不好的，四六分賬也行呀，你考慮考慮，只要把剛才那個會噴霧的怪物再引出來就行了。」湯瑪斯喊起來，「我們抓活的做全球巡迴展覽，肯定能成為億萬富翁了呀，殺死牠製成標本也行……你別走呀……」

博士帶着助手和保羅轉身走了。此時他心中充滿憤怒，這次行動的失敗真是防不勝防，而它產生的後果是難以想像的。那個叫湯瑪斯的一定還會想別的卑鄙招術達到他發財的目的。

「有什麼了不起呀，」身後傳來湯瑪斯的聲音，「我們自己照樣幹！」

「這兩個小人。」博士停住腳朝後面看了一眼，然後又看看自己的兩個助手，「如果人的心術不正，比真正的魔怪還要可怕。」

實在無奈，如果是魔力一般的魔怪隱藏在樹林裏，博士會馬上感知到，保羅也會發出信號，但是湯瑪斯和大衞是人，而博士的法術全是對付妖魔的，他和保羅都沒覺察到。湯瑪斯這個傢伙的確狡猾，他跟蹤了博士好幾次都沒有被察覺，這是他多年當「狗仔隊員」追蹤名人偷拍照片練下的功夫，確實非常「專業」。

海倫給肖恩打了個電話，簡單説了一下情況。不一會兒，汽車就開了過來。博士一聲不響地上了車，臉色非常難看，兩個助手也沒怎麼説話，車子很快開回了管理處。

進了辦公室，博士將保羅聯機到電腦上。保羅把剛才的情況完全錄了下來，肖恩和詹姆斯瞪大眼睛看着錄影。當畫面上出現湖怪的時候，兩人非常震驚，傳説中的湖怪原來是良龍！而看到湯瑪斯出來搗亂的時候，兩個人同樣氣憤無比。

可是湯瑪斯的行為誰也拿他沒辦法，因為他沒有觸犯任何法律。現在最擔心的問題是，這個心術不正的傢伙已經知道了湖怪的秘密，雖然他的攝錄機掉到水裏肯定完全損壞了。

「我活了120歲，也沒見到過幾個這麼卑鄙的小人。」一直處於氣憤狀態的博士終於開了口，「他們用卑鄙的手段跟蹤我們，並且還說要殺死湖怪製成標本……」

「博士，你不要生氣了。」肖恩安慰他，「幸好攝錄機掉到水裏了，他沒憑沒據，只是嘴上說見到了湖怪，沒有人會相信的，而且我想他傷害不了良龍的。」

「這個我倒不是很擔心。」博士在辦公室裏來回踱步，「但是那傢伙一定不會善罷甘休，如果他暴露了良龍的行蹤，後果是很難設想的。」

聽到這句話大家都心裏一沉。

「還能把良龍引出來嗎？」詹姆斯在一邊謹慎地問，「引出來抓住馬上運走。」

「問題在於牠受了驚嚇，不會再上當了吧？」本傑明對詹姆斯說。

「並不是完全沒有可能。」博士突然停住了腳步，剛

才他一直處於生氣發怒的狀態，沒有怎麼思考解決問題的方法，現在他有些平靜了。

所有的人都看着博士。

「這隻良龍出來吃牛肉，説明牠處於飢餓狀態，今天牠沒吃飽就回到湖裏了，明天也許還會出來，看牠進食的樣子是餓壞了。」博士對大家掃視了一圈。

「那我們明天再去，還是用這個辦法。」海倫叫起來。

「也只能這樣了，飢餓可能會使牠忘記恐懼。」博士閉上了眼睛思考，「我們再試試，但願那個湯瑪斯不要再來搗亂。」

「這次我們換個地方，不讓他發覺。」本傑明提議，「那傢伙不知道我們掌握了湖怪——就是那隻良龍上岸覓食的規律，我們再重新找個地方。」

「對，本傑明説得對。」博士拍拍本傑明，「我們用隱身術，看他怎麼跟蹤！」

「看不見我的形也聽不見我的聲！」博士突然唸了句口訣，一下就不見了。

海倫和本傑明也唸了這句口訣，馬上也不見了。屋裏只剩下肖恩和詹姆斯兩個人，兩人驚得手足無措，互相對視起來。

「看得見我的形也聽得見我的聲！」隱身的博士和他的助手唸了這句口訣，再次出現在房間裏，顯形後的三個人看着發呆的肖恩和詹姆斯都笑了起來。

「太、太、太神了。」詹姆斯很激動，「明天你們把我的汽車也隱身了，我帶你們去找新的地方。」

「那可不行，你看得見人家，人家看不見你，撞了車可麻煩了，我們雖然隱身但是身體並不是真空的。」博士說，「我們自己走路去，良龍應該還在這附近，不會走太遠。」

「那我們幹什麼？對了，牛肉還要吧？」

「再買五百公斤新鮮的。」博士點點頭，「我還要你幫個忙。」

「你儘管吩咐。」

「明天一早我們先上你的車，然後隱身下車，你開着車繞着湖轉圈，讓跟蹤者來個環湖一日遊！」

博士這個主意立即逗笑了大家，他賭起氣來很像孩子。

「今天也不能說完全沒有收穫，我們終於知道湖怪是良龍了，長角，會噴霧。」博士說，「現在我們再仔細討論行動計劃吧。」

隨後，一個新的計劃被制訂了出來，第二天一早博士

他們隱身下車後要在德拉姆納德羅希特以北三四公里的範圍內找一個新的場所抓那良龍，這個區域是博士推算出來的。晚上肖恩要把五百公斤鮮牛肉送到管理處，然後博士他們用隱身術從管理處運走牛肉，在午夜時分再次誘捕怪獸。

這個計劃制訂得應該説是萬無一失了，但關鍵是良龍一定要出來，否則還是前功盡棄，不過大家這次都充滿信心。

第八章　湖怪再次消失

第二天一早，博士和助手牽着保羅大搖大擺地上了詹姆斯的公務車，剛上車保羅就搖了搖腦袋。

「那傢伙就在附近，我感覺到了，我已經把他的氣味記下來了，大概是在東面某處藏着。」

「不管他，馬上隱身。」博士下令。

三個人唸了隱身口訣，博士又對保羅唸了口訣，保羅也被隱身了。其實保羅也一直在跟博士練習隱身術，但是「技術」總不過關，博士說他還要練上一段時間才能自己隱身。

「再見，詹姆斯。」本傑明笑起來，「你帶着湯瑪斯他們玩吧。」

「再見，祝你們好運。」詹姆斯對身後的「空氣」說。

「擋不住我的心也擋不住我的形。」博士唸了穿牆術口訣後悄然無聲地穿越車尾下了車。

海倫、本傑明和保羅也唸了穿牆術口訣跟着博士下了車，穿牆術口訣可是保羅自己唸的，這項「技術」牠是過

關的。

詹姆斯的車向北開去，不一會兒，一輛車就跟了上去，這無疑就是湯瑪斯了，他的確是賊心不死。詹姆斯開的車的車窗顏色很深，從外面根本看不出裏面坐了幾個人。湯瑪斯當然不知道博士他們已經下了車。

「我們走。」博士笑了，「不要怕累呀，要走幾公里呢。」

「不會的，這是我們的晨運。」海倫做了個小跑的動作。

清早的尼斯湖非常美麗。路上有些行人，邊走邊欣賞着湖光山色。當然他們誰也不知道身邊走過幾個隱身人，還有一條隱身的機械狗。

看着湖水，幾個隱身人都想起了那條曾是那麼接近現在又顯得那麼遙遠的良龍，牠這時會在湖裏的哪個地方呢？

沿着湖邊公路他們走了大約兩公里，才到了昨天那個誘捕良龍的地方，這裏當然不能再選用了。博士一路觀察着地形，他在尋找便於藏身的地方，大約又走了一公里多，他讓大家停下來。

公路下面的湖畔有很大一塊空地，空地後面是片小樹林，從小樹林到那塊空地沒有什麼坡度，視線也很好，博士看中了這裏。

「下去看看。」博士招呼大家說。

這裏果然是個比較理想的地方，甚至比第一次抓捕良龍的地方還好，博士在湖邊走了走，很滿意。

「就這裏了，老伙計你來攝錄。」他對保羅說。

保羅把這塊空地掃描下來，他的眼睛也就是攝錄機的鏡頭。

「晚上我們要時時注意身後的情況，謹防湯瑪斯那些傢伙還來。」博士說。

「不會吧，他沒跟着我們呀。」海倫說。

「謹慎些好。」

博士並不是害怕湯瑪斯，他是不想再讓這個傢伙破壞計劃，湯瑪斯是比較狡猾的人，比他那個同夥大衛難對付多了。

「我拍完了。」保羅衝博士搖搖尾巴。

「我們走，晚上再來。」

回去的路上博士給詹姆斯打了一個電話，他還在公路上轉圈，估計已經把湯瑪斯他們給轉暈了。雖然詹姆斯也不知道後面哪一輛車是跟蹤自己的。

回到了肖恩的辦公室，大家齊唸口訣突然顯身。這把在辦公桌前工作的肖恩給嚇了一跳，不過他馬上就鎮定下來了。

「昨天晚上沒有發現新的丟失牛羊的報告。」肖恩很興奮地說，「這是最近這段時間第一次出現這種情況，今天晚上牠應該出來了，牠肯定餓壞了。」

「牠顯然是受了不小的驚嚇，沒有再出來。」海倫走到窗戶邊，看着外面的湖水，好像要找到那個怪獸似的。

「你們選好地方了嗎？」

「好了。」本傑明說着指指外面，「詹姆斯先生還在兜圈子呢。」

肖恩聽了大笑起來，戲耍像湯瑪斯這樣的壞傢伙，他感到很開心。

博士開始和大家一起研究新的計劃，其實和上次捕捉湖怪的部署也沒什麼太多的差別，不過牛肉要由博士他們隱身後搬走，並且牛肉也要隱形。

「五百公斤牛肉，要走三四公里，你們不好搬呀。」肖恩看着這一老兩小，關切地說。

「這你不用操心，我們會讓牛肉自己飄着走的。」海倫笑着衝肖恩眨眨眼睛，肖恩的辦公桌立刻一下就飄了起來，離地面有十幾厘米，要不是拖着電源線，海倫還可以讓它飛在半空中。

「知道了，快放下吧。」肖恩怕拉斷電源線，連忙擺手，「我忘了你們會法術，你們曾經讓邁克爾也飛了起來。」

大家笑了起來。

「我們應該叫詹姆斯先生回來了吧。」本傑明看看手錶對博士說，「他轉了一上午了。」

「好，馬上打電話。」

根據事先的約定，博士他們先隱身下樓等待。等詹姆斯開車回來剛停下時，海倫第一個隱身穿越車門上車，接着是博士，本傑明和保羅也都隨後上了車，在車裏他們一下顯了身。

「詹姆斯先生，你好呀。」本傑明在後面拍了拍詹姆斯。

「你們好。」詹姆斯馬上回過頭來，不過他已經不感到意外了，無論博士他們今後做出什麼樣令人匪夷所思的舉動，他都不會驚奇了。

「我們下去吧。」博士看看車外面說。

三個人帶着保羅大模大樣地走下車上了樓，後面哪輛車是湯瑪斯的，或者他們躲在什麼地方偷看並不重要，博士這麼做就是故意要讓那班傢伙看見。

遠處，湯瑪斯用盡了渾身解數跟蹤着博士一行。上午他跟着管理處的公務車沿湖轉了兩大圈，公務車始終沒有停下來，好像車上的人在沿湖觀光，不過博士他們不應該有心情在這個時候遊玩呀，這讓他有點摸不着頭腦了。

晚上七點多，肖恩將五百公斤新鮮牛肉運到了管理處，湯瑪斯他們沒有跟蹤肖恩，他們只盯着博士一行。中午吃過飯後，博士和他的助手上了樓，以後就沒有下來過。半天不見他們的動靜，湯瑪斯有點着急了。他決定如果等到午夜十二時博士他們還沒下來，就自己幹。他的另一個同夥——就是那個大衛，已經按他的計劃找牛去了。

急於發財、心術不正的湯瑪斯的計劃是，如果能夠等到博士他們下來就再次跟蹤，然後偷拍博士引湖怪出來的錄影。如果等不到就學博士昨天的樣子把湖怪引出來。當然還不知道這樣的招數行不行，所以最好還是跟着博士他們，因為他知道博士是有相當法術的偵探，會有辦法引湖怪出來的。

晚上十點，博士他們還是不見動靜，管理處的人全都下了班，最遲走的詹姆斯和肖恩也各自駕車回家了。沒見到博士他們下來，湯瑪斯真的急了，他掏出手提電話聯繫同夥，準備自己幹。

就在他打手提電話的時候，隱形了的博士和兩個助手已經帶着保羅，「遙控」着飄在半空也被隱形了的牛肉，向上午找好的地點走去。詹姆斯和肖恩其實並沒有回家，他們把車開到公路上，在博士指定的範圍內各自找地方停了下來。

湯瑪斯哪裏知道這些，他告訴大衛説想在管理處樓下等到午夜，大衛則説他那邊都已經準備好了，馬上過來。

「飄動」的誘餌「走」在最前面，海倫唸口訣操控着這些會「飛」的牛肉。大家在向目的地進發的時候心情都很複雜，一是怕良龍不出來，二是擔心湯瑪斯還會耍花招傷害良龍。

「保羅，」博士突然對保羅説，「今天我們被跟蹤了嗎？你好像一直沒有發警報。」

「被跟蹤的概率接近零，我沒有發警報的必要呀！」

「那就好。」

「我們今天捕獲良龍的概率是多少呢？」本傑明問。

「70%左右吧。」

「啊？比昨天還低呀？」

「是的。」

「是不高。」博士對這個統計結果顯然並不滿意，「但是我們一定要去，現在情況不同了，那個叫湯瑪斯的已經知道良龍所在水域，還想加害牠。」

他這麼一說，走在最前面的海倫不由自主地加快了腳步，好像要搶在湯瑪斯前頭找到良龍一樣。

走了半個多小時，博士和他的助手到了上午時選好的地方。現在，博士他們都解除隱身顯了形，那塊牛肉也被海倫放到空地上後顯了形——良龍可不能只聞到牛肉味而看不見牛肉。

本傑明帶着保羅在樹林裏轉了轉，沒有發現什麼情況。保羅一到這裏就開啟了魔怪預警系統。進行了一番準備工作以後，博士帶着本傑明和海倫藏到了一棵大樹後面，保羅也一動不動地趴了下來。

寂靜的夜空中明月當空，天空萬里無雲，除了晚間值班的月亮，整個大地都進入了夢鄉。大約等了兩個多小時，還是不見有什麼動靜，博士不停地看錶。本傑明和海倫已漸漸失去耐心，身子開始亂動，偶爾有些小蟲子會對他們進行襲擊，滋味可真不好受。

「怎麼還不出來呢？」本傑明也看看自己的手錶，「昨天這個時候已經出來了呀。」

「是啊，良龍還會來嗎？」海倫朝博士望了一眼。

「不要着急，我們再等等。」

漫長的等待令人心焦。那塊放在平地上的牛肉散發出來的味道，應該已經在湖面上飄蕩很久了。博士推斷良龍就在附近，牠應該聞到氣味的。

湖面上水波輕微蕩漾，湖水不斷地輕撫着岸堤，但是沒有一點良龍出現的跡象。

又過了一個多小時，已經是凌晨三點了，良龍還是沒有出來。本傑明靠在樹上不知不覺睡着了。博士沒有叫醒他，而是把自己的外衣脱下來給本傑明蓋上。沒過一會兒，海倫手裏緊抓着綑妖繩，靠在本傑明的身上也睡着了。博士的兩隻眼睛也有點睜不開了，他推推眼鏡，努力克服着怎麼也揮之不去的睡意。

「你也休息一下吧。」保羅輕聲對博士説，「有我在，一有情況就通知你。」

「那好吧，有你在我放心。」剛説完，博士把身子往樹上一靠也睡着了。

湖面依然很平靜，平靜得讓人感到恐懼，月光散落在

湖面上，零零碎碎。保羅專注地盯着湖面，有他在監視，博士他們是可以安心休息一下的。

又過了一個多小時，湖面還是沒有動靜，靠在樹上睡着了的博士打起了小呼嚕，保羅怕聲音傳出去，剛想叫醒博士，這時候他的預警系統突然提示水下有個物體正向岸邊游來。

「博士，博士……」保羅輕聲叫起來。

同前一天晚上一樣，湖面上的水流突然加速，水聲加大，接着有幾十條魚，慌慌張張地躍出水面。

「你們醒醒！」保羅連說帶推，「良龍來了。」

三個人馬上就醒了，海倫舉起繩子就要拋出，博士馬上制止了她。

「還沒上岸呢。」

湖面的水被拱起，一座山峯從水下升起，水聲越來越大，大地都震顫了。接着，那隻良龍的頭從水下冒了出來，東看看西看看，樣子十分警覺。

湖邊的三個人心跳加速，眼睛死死地盯着良龍。

良龍的頭向岸邊移動了一下，大家頓時更加緊張。

但是不知怎麼回事，伸出水面的良龍的長脖子一點點地又縮進水裏，然後顯露在湖面上的山峯——也就是良龍的後背也漸漸沉了下去，沒有濺起大浪花，湖水逐漸恢復了平靜。

　　岸上的人看得目瞪口呆。

　　「怎麼回去了？」海倫最先開口，「牠不餓嗎？」

　　「發現我們了嗎？」本傑明說。

　　「都不是。」博士看着湖面，「牠是在猶豫，上過一次當後牠長見識了。」

「不要説話！牠又來了。」保羅及時發現了情況。

湖面上的水又被拱開了，接着良龍的頭露了出來，並且向岸邊開始移動。大家又激動起來，但是良龍卻在距離岸邊不到十米的地方停下了。

「噢——」良龍叫了一聲，聲音不大但是有些悽慘。接着牠又非常緩慢地縮回水下，樣子的確十分猶豫。牠的頭再次縮進水裏後，湖面的水流加速，湖下的牠應該是在游動，大約過了一分鐘，良龍的頭又再次出現在大約湖中央的位置，然後又慢慢縮進水裏。過了一會兒，湖面無聲無息了。

「牠發現我們了吧？」本傑明總是不大相信自己。

「絕對沒有發現我們。」博士緊鎖眉頭，「牠非常平靜，要是發現我們牠會噴霧，然後急速游走的。」

「我們被發現的概率不到千分之一，可以忽略不計。」保羅説，「這是我最新統計的結果。」

「牠現在是很警惕呀，這下麻煩了，唉……」博士若有所思地歎了口氣。

儘管如此，但是大家還是不死心，又等了一個多小時，遠處的天空開始泛白了。博士斷定良龍不可能再出來了，聽到這樣的話，海倫和本傑明都垂頭喪氣地癱倒在地上，就連保羅也耷拉着頭趴在博士身邊。

「大家不要灰心。」博士看到他們這副樣子，笑了一下，「我可沒說牠肯定不上來，畢竟牠是動物，最終飢餓的感覺會驅使牠忘記教訓，不顧一切上岸來的。」

「真的嗎？」本傑明一下子又信心倍增，他跳了起來。

「好極了，只要牠還出來，我再來多少次都行。」海倫也高興地站了起來。

「不用多少次，再過一天牠就會餓得受不了啦，良龍個個都是大肚皮呀。」博士望着遠處已經發白的天空，微笑着說。

「博士說的有道理。」保羅晃晃腦袋走到博士旁邊，「準確率有多少，這次我先不統計了。」

保羅這麼說使本傑明和海倫感到振奮。海倫打電話給肖恩和詹姆斯簡單說明了情況，他倆都在車上睡着了。

「這些誘餌怎麼辦？」海倫問，「反正不能丟進湖裏，要是讓良龍吃了牠就不上岸了。」

「沒錯。」博士說，「先帶回去，不過今天晚上再來要換些新鮮的。」

大家再次隱了身往回走，牛肉也被隱形帶走。誰知道那個湯瑪斯還在不在管理處門口守着呢，在沒有抓獲湖怪之前還是不要讓他發現為好。

第九章　尼斯湖擒怪

幾個人上了山坡沿着公路往回走，大約走了十分鐘路，在路過前一天晚上設埋伏的地方，他們都不禁向山坡下看了看。忽然，三個人同時聽到下面有吵鬧聲，誰在下面呢？博士對兩個助手使了一個眼神，意思是下去看看，他們都下了山坡，那邊吵鬧聲越來越大了。

「你們這兩個大騙子！半夜把我叫起來還牽上我的牛，哪有什麼湖怪？」

博士他們隱身過去，發現在一個小土丘後面蹲着三個人，剛才説話的是那個曾在管理處索賠的農戶菲爾。

跟菲爾一起的那兩個人大家也認識，一個是湯瑪斯，另一個是大衛。看樣子他們在這裏守了一夜。

湖邊的樹上拴着一頭活牛，應該是誘餌。最讓人擔心的是，三個人手裏都拿着獵槍。

「現在沒等到湖怪，你就叫起來了。」大衛和菲爾對吵起來，「昨天一聽到能發財，你跑得比我們還快……」

「你們不要吵了！」湯瑪斯叫起來，「晚上再來，肯定能等到，下回我們牽兩頭牛來。只要那傢伙出來，幹掉

牠後我們個個都成億萬富翁了。我們這送上門的牛比牠到岸上去拖方便多了，我就不信牠會不出來，那麼大的個頭肯定要吃東西的……」

「啊？要牽兩頭牛呀？」菲爾看看湯瑪斯，「我家就剩兩頭牛了，先前已讓湖怪拖走三頭。」

「菲爾！」大衛叫那農戶，「你在電視裏說你丟了五頭牛，怎麼變三頭了？」

「嘿嘿嘿……」菲爾尷尬地笑起來，「我也忘了，好像是五頭……」

「行了。」湯瑪斯知道菲爾在撒謊就打斷了他的話，「發了財你能辦一百個養牛場，真沒見識的傢伙。」

「我的牛圈要翻新，還有，我家要換輛車……」

「行了，行了。」湯瑪斯很不耐煩，「一百輛車都給你，真是沒見過世面。」

「那你說湖怪真會來嗎？」菲爾笑着，走近湯瑪斯。

「肯定會來，最近牠一定是對陸地上的食物產生興趣，不喜歡吃湖裏的魚了，這就是生物進化論*，生物進化論你懂嗎？」

「不懂。」菲爾搖搖頭。

** 生物進化論：生物學最基本的理論之一，最早由達爾文提出，論述生物在變異、遺傳與自然選擇作用下的演變發展。*

「那就好辦了。」湯瑪斯狡猾地笑着。

「我奶奶說湖怪是神魚，我們能朝他開槍嗎了」菲爾小心地問。

「不是神魚，是恐龍，我們都看見了，跟你講過多少遍了。」湯瑪斯一副挺不耐煩的樣子，「肯定是湖裏的某種魚發生了進化，變成了恐龍，而且還是會噴霧的恐龍，達爾文你知道嗎？」

「知道呀。」

「什麼？」湯瑪斯瞪大眼睛，「知道達爾文還不知道進化論？」

「達爾文是嗎？他前天同我玩飛鏢還欠我兩鎊，說好下星期還呢。」

「什麼？」大衛湊了上來，「你跟達爾文玩飛鏢？你說的是哪個達爾文？」

「村裏修汽車的達爾文呀，離我家不遠，你們要找他？」

「唉……」大衛氣得一屁股坐到地上。

「沒法溝通。」湯瑪斯說，「不跟你多說了，你晚上把牛牽來，到時候分錢就行了。」

「好！再信你們一次。」菲爾笑起來，「分錢，真不錯，我喜歡錢。」

這幾個傢伙的胡言亂語，以及他們要槍殺湖怪的陰謀，都讓人氣憤。博士拍拍本傑明，這孩子站在湯瑪斯後面真想用腳踢他。

博士做了個走的手勢，本傑明狠狠地瞪着湯瑪斯，被博士和海倫拉走了。三人上了公路，本傑明氣得說不出話來。

「他們不會得逞的。」博士嚴肅地說，「無論如何不能讓他們的陰謀得逞。」

「我們怎麼辦？」海倫問，「一定要搶在他們前面找到良龍。」

「回去好好想辦法，一定會成功的。」

三個人都加快了步伐，很快回到了尼斯湖水上管理處，進了管理處他們才顯身。肖恩和詹姆斯正等着他們，得知湯瑪斯的陰謀後，也顯得非常焦急。博士說如果湯瑪斯使用槍彈攻擊良龍，良龍可能會受到傷害。聽了這話，所有人都緊張地看着博士。

「你們也不要這麼緊張。」博士勸大家，「先平靜下來，即使湯瑪斯他們引出了良龍，我們也是可以制止他們開槍的，這次是我們在暗處。」

他這麼一說大家才略為放鬆一點。

「可是讓他得到良龍存在的證據，他會向全世界說的，這對良龍不利呀。」海倫還是很不放心。

「不要着急，對了，肖恩和詹姆斯先生可以先看看昨晚的錄影。」説着，博士開始把電腦和保羅聯機，「你們看看牠那樣子是不是很想出來吃東西？」

肖恩和詹姆斯仔細地看着錄影，保羅拍的錄影非常清晰。

「牠很猶豫。」詹姆斯説。

「看上去是想吃食物但又不敢上來。」肖恩的語氣比較肯定了，「牠的叫聲很慘，好像很無助。」

「牠的叫聲……」博士眉毛突然一挑，「叫聲？」

「怎麼了，博士？」

「保羅，你再放一遍錄影。」博士突然急切地命令道。

保羅於是就把錄影又放了一遍。

「你再把第一次捕捉牠時的錄影放一遍。」

保羅馬上調出前一天晚上的那段錄影，放給博士看，大家都很驚奇地看着博士，不知道他有什麼新發現。

「好了，各位，我有辦法讓牠下次再有戒心也會出來了，而且是到我們這邊來。」博士站起來微笑着向大家宣布。

當天晚上十一點，博士一行又悄悄出現在第二次選中的地點。和上次一樣，他們在空地上放置了新鮮的牛肉，然後都藏到樹後面。他們這次也是隱身來的，到了以後才顯身，當然也包括那些新鮮牛肉。

遠處大約兩公里的地方，肖恩和詹姆斯每人駕駛着一輛汽車停在路邊，非常有信心地等待着。

與此同時，在距離博士他們大約一公里之處，也就是良龍第一次出來吃誘餌的地方，湯瑪斯把他們的槍口都對準了湖面，這幾個傢伙準備在湖怪出來後，一起射擊牠的頭部。他們的誘餌是兩頭活牛，都拴在樹下，在等待的同時他們還都算計着各自的發財夢。

大約午夜十二時，湖面仍然非常寂靜。平靜的湖水不平靜的人心，湖濱的三人都有些激動，因為行動即將開始了。

「好了，可以行動了。」博士對本傑明說。

本傑明帶着保羅走進岸邊的樹林深處。他拍拍保羅，保羅對着湖的方向張開了嘴巴。

「噢——」這當然不是狗叫的聲音，這是根據湖怪——良龍的叫聲錄音剪輯加工過的聲音，是用來吸引良龍上岸的。所選用的「原聲」就是第一次良龍上岸看見食物時發出來的聲音，應該就是良龍們見到食物後興奮的表現。

博士想到的辦法就是用叫聲吸引良龍，牠肯定是非常飢餓了，完全有可能忘掉教訓上岸覓食。但是牠也可能被湯瑪斯的活牛吸引過去，不過有了伙伴的叫聲，湖怪——那隻良龍肯定會到博士這邊來，牠一定非常孤獨。

岸邊，博士和海倫緊張地關注着湖面，保羅的叫聲不大，但是已經清晰地傳向湖面。良龍應該能聽見，博士

想。

沒過一會，不遠處的水面開始發顫。

「有動靜了。」海倫興奮得差點大叫起來，「牠來了。」

湖面上的水聲逐漸加大，從湖裏一下冒出了良龍碩大的腦袋。只見牠快速向岸邊游來，突然，又停了下來。岸上的博士和海倫心裏「咯噔」一下，難道牠又要回去？

「噢——」良龍叫了一聲，聲音似在求助，接着牠繼續向岸邊游來。

「噢——噢——」樹林裏保羅叫了兩聲，牠配合得很好。保羅身上的先進設備其實已經破譯出良龍叫聲的大致含義。

「嘩，嘩……」良龍上岸了，水聲非常大，牠巨大的身體一下遮住了月光，整個身體像山一樣壓了過來。上岸以後，良龍沒有直接去吃那些牛肉，而是向樹林裏走去，顯然牠更想先找到自己的伙伴。

「好了，拋繩子。」看到時機己到，博士命令道。

「嗖——嗖——」兩條繩子一前一後飛向良龍的腿，瞬間就把牠的前後腿細了起來，而且緊緊地纏住。良龍那龐大的身軀一下就失去了支撐，轟然倒地，大地被震得一顫。這次牠還沒來得及噴霧就被綑了個結實，倒地後腦袋猛地向博士他們砸來，海倫驚得叫了起來。不過還好，良龍巨大的頭顱被樹杈擋住了，兩人合抱不住的大樹猛烈地搖晃起來。

「噢——」良龍狂叫一聲，口中又噴出一團霧氣。不過牠躺在地上，這團霧氣懫向了天空。牠的身體開始扭動，拚命向水裏滑去，轉眼間牠的尾巴就滑進了水裏，情況有些危急。

「這邊來，這邊來。」博士馬上衝出了樹林，嘴裏唸道，「千噸力拉你來。」

聽到巨響的本傑明和保羅也從樹林深處衝了出來。一出來他們就看見在博士的口訣中，良龍巨大的身體正被拉進樹林裏。良龍噴向天空的霧氣沒有影響到大家的視線，只見良龍扭動着龐大的身軀，急於擺脱束縛但是無濟於事。

「二分之一小，四分之一小，八分之一小……」博士立即走近牠，開始唸縮小口訣。

漸漸地，良龍的身體開始變小，最後變成只有巴掌大小。博士走過去，抓住了變小了的良龍的脖子，此時的良龍跟一個玩具龍的大小差不多。近看牠的皮膚是藍綠色的，這就是牠的保護色。

「本傑明，拿裝魔瓶來。」博士回頭喊起來。

本傑明飛快地跑向博士，把裝魔瓶遞了過去。良龍被放進瓶裏，博士把蓋子蓋上，長長地呼了一口氣。

「海倫，可以給他們打電話了。」

三個人帶着保羅匆匆上了山坡，博士抱着那個瓶子，大家緊張地向湯瑪斯所在的方向望去，怕他聽見聲音跑來。不過湯瑪斯並沒有出現。沒幾分鐘，肖恩和詹姆斯分別開着自己的車趕了過來。抓獲良龍的偵探們上了詹姆斯的公務車，向洛西茅斯開去，那是博士事先選中的地方，遠離污染區，在那裏，這隻巨大的良龍將被放歸大海。

肖恩開着車跟在後面，同時監視着是否有人跟蹤。凌晨一點時分，兩輛車一前一後開在空蕩蕩的公路上，沒有其他車輛出現。在車裏大家擊掌歡呼勝利。

「保羅，你說還有人跟蹤我們嗎？」本傑明不放心地問。

「有！」

「啊？」

「是肖恩主任呀。」保羅得意地說，「不信往後看呀。」

車裏再次傳出歡笑聲。

經過兩個多小時的路程，兩輛車終於開到了洛西茅斯海邊。此時是凌晨三時，夜深人靜。大家下了車，博士小

心翼翼地拿着裝魔瓶，特別當心。

肖恩和詹姆斯走了過來，博士打開了瓶子，異常謹慎地把那良龍放了出來握在手裏。良龍不停地擺動着長脖子，喉嚨裏還發出一些聲響，但是非常輕，牠的樣子十分可憐。看着曾經弄得尼斯湖異常熱鬧的「湖怪」，現在竟然成了這個樣子，肖恩和詹姆斯都有點不相信自己的眼睛。本傑明在一邊還伸手摸了摸牠。

良龍依然在那裏扭來扭去，不明白到底是怎麼回事。

博士從口袋裏掏出一個帶天線的盒子，唸了遍口訣後盒子變得很小——大概只有蠶豆那麼大。他把變小的盒子放到良龍背上，然後又開始唸口訣。

「連體連體，一年內不分離。」博士唸的口訣能使跟蹤器黏牢在良龍後背上，然後博士抬頭看着肖恩和詹姆斯，笑了笑，「這是個跟蹤器，一年以後自行脱落。」

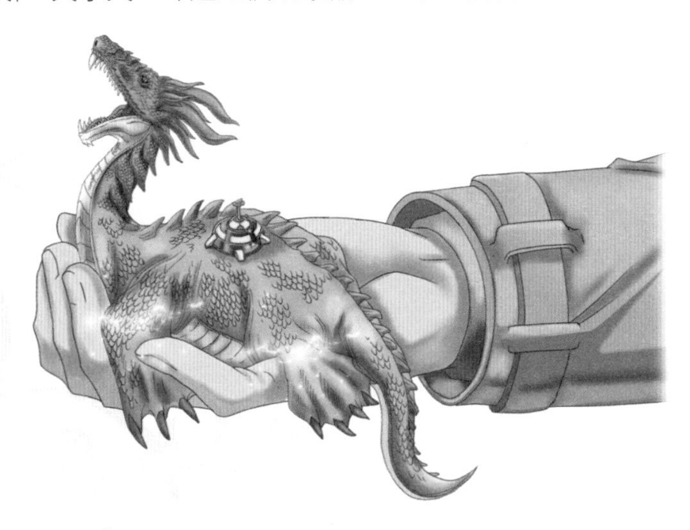

説着，博士把良龍捧起來走向大海。大家知道就要釋放良龍了，於是全跟在博士後面，所有人的眼睛都盯着良龍。博士走到海邊，把良龍放在海灘上，隨後示意大家後退。幾個人後退了有一百多米，幾乎看不見良龍了。

「八分之一大，四分之一大……」博士站住腳步，開始唸復原口訣，「二分之一大，恢復原貌！」

海灘上一下就出現一頭龐然巨獸，膽子不大的詹姆斯是第一次面對這樣巨大的良龍，不由自主地往後退了一步。良龍仍被繩子綑着，牠拚命地掙扎，吼聲震耳。

「海倫，我們收繩子。」

海倫和博士同時唸起了口訣，緊接着兩條綑妖繩離開了良龍身體，飛了回來，他們收起各自的繩子。

良龍一下就站了起來，牠搖了搖腦袋，往博士這邊看了一眼。這次牠沒有噴霧，而是大跨步走向大海。慢慢地，牠巨大的身軀消失在大海中。突然，海面上露出了個碩大的腦袋，良龍重新露出水面，牠衝着海邊的人一聲長鳴，然後一頭扎進大海，游走了。

大家看着這一幕，知道良龍最後的一聲長鳴充滿着感激。的確，牠是要感謝這些善良的人們。

「我們該回去了。」博士提議，他現在完完全全放鬆了，「我想好好睡一覺。」

「我要洗個澡。」本傑明跟着説，「海倫，你想幹什麼？」

「不知道電視播什麼節目了，最近有部電視劇很好看的。」

「我要關機。」保羅插話，一本正經的樣子，「機械狗也有休息的權利。」

「哈哈哈……」海灘邊的笑聲傳得很遠很遠。

夜幕中兩輛汽車從原路返回，車上的人全都一身輕鬆，他們都很興奮，這種興奮驅趕走了疲勞。

在車上，博士讓保羅接收跟蹤器傳回來的信號。顯示屏上的圖像一片漆黑，但是可以聽到很大的水聲，這説明良龍正在海面下游動，方向是正北面的海洋深處。牠在海洋的家應該是遠離人類活動區域的。到了海裏，應該可以稱呼牠為「海怪」了。但是無論叫「湖怪」還是「海怪」，牠其實都是需要保護的物種。

「到目的地去，牠要游上一段時間吧？」本傑明看着顯示屏問。

「應該是這樣的。」博士説，「不過我們快到了。」

汽車已經接近剛才捕獲良龍的地方，遠方的天空又開始泛白了。忽然，本傑明興奮起來，他把頭轉向車窗往外看。

「那個叫湯瑪斯的傢伙肯定還在那裏呢。」本傑明把頭轉向博士，「博士，停車好嗎？我想給他點教訓。」

「嗯……」博士稍微想了一下，點了點頭，「可以。」

開在前面的詹姆斯停下車後，後面的肖恩也停了下來。聽説本傑明要教訓那幾個利慾熏心的傢伙，詹姆斯不禁笑了。肖恩也非常想看看這場戲。

一行人小心翼翼地向前走了一段路，到了第一次捕捉湖怪的地方，輕手輕腳地下了山坡，慢慢向下面的樹林靠近。本傑明走在最前面，快到達時，前面傳來説話聲。

「我算認識你們了，今天還是白等。」説話的是菲爾，「牠在哪呢？你們的進化論呢？」

「小點聲，半夜時不是聽見叫聲了嗎？」湯瑪斯説，「那肯定是牠在叫。」

「我沒聽見，你又騙我。」菲爾説。

「你睡得太沉了，叫都叫不醒。」大衛説話了。

「反正我沒有聽見，你們城裏人總是騙我們鄉下人，我奶奶早就説過不能相信你們……」

「行了，行了，又是你奶奶，煩死了。」

「你奶奶才煩呢！」菲爾很生氣。

「行了，行了，你們小點聲。」湯瑪斯制止兩個人的爭吵，「我們是來打湖怪的，怎麼又吵起架來了？」

「他先罵我，你聽見了！」菲爾很委屈。

「罵你就聽見了，晚上怪獸叫你怎麼聽不見？」大衛也不依不饒。

「噓……別出聲，好像有動靜了。」湯瑪斯擺擺手。

湖面上有條魚從水裏蹦出，湯瑪斯他們馬上瞪大眼睛死死盯着那裏，但是湖面隨後又平靜了下來。

「那老頭把湖怪抓走了吧？」大衛看看湯瑪斯，「怎麼還不出來呢？」

「不可能，我盯他到凌晨一點，都沒見他下樓。」湯瑪斯的語氣非常肯定，「他肯定在睡覺呢。」

「湖怪可能現在喜歡吃魚，不喜歡吃牛肉了。」菲爾抱着槍靠近湯瑪斯，「我小時候很喜歡吃糖，長大後就不喜歡了。」

湯瑪斯沒説話，但是氣得直翻白眼。

聽到這些對話，樹林後面的人忍不住要笑出聲來，本傑明馬上示意大家安靜。他在地上看了看，然後撿起一根斷在地上的大樹杈，這根樹杈大概比成人的胳膊還粗很多，大約有兩米長。大家都不知道本傑明撿它幹什麼。

本傑明看了看大家，微微一笑。

「輕輕的木頭輕輕地飄！」本傑明唸了句口訣，只見

那根樹杈頓時騰空而起飛到天空中，離地有十幾米高。

「不會是要去砸湯瑪斯他們吧？」肖恩心想，「的確那幾個傢伙很壞，是要教訓一下，但是這麼高的高度砸在頭上，出了人命可就不好了。」

在本傑明的口訣聲中，大樹杈飛向尼斯湖，在距離湖邊約五十米的地方豎直落進水裏。這次本傑明很放鬆，他很嫻熟地操控着樹杈。

「啪！」木頭下水，水花四濺。

「有動靜了。」湖邊那三個傢伙都聽見了聲音，非常興奮地拿起了槍。

本傑明繼續唸着口訣操控着那根樹杈，大家這才知道他是要戲耍那些傢伙。只見那根樹杈落到水裏後一下就在水裏豎了起來，而且來回游動，在微微泛亮的夜色中真像是那湖怪的長脖子探出水面。海倫差點笑出聲來。

「我說有吧。」湯瑪斯興奮地叫起來，「牠一上來就開槍，衝腦袋打！」

「好！」大衛也很興奮。

湖裏的「怪獸」只是來回游動並不上岸，牠忽左忽右讓人看得頭暈，湯瑪斯着急了。

「怎麼還不上來？我們現在就開槍，死的也能賣錢！」湯瑪斯命令同伴。

「叭——叭——叭——」他們一起開了槍，那根樹杈抖了一下，好像被射中了，不過它仍然在水裏來回晃動。

「叭——叭——叭——」又是幾聲槍響。樹杈一下被擊倒，但是馬上又直立了起來，游得更起勁了。

「啊？」菲爾狂叫起來，「打不死的！果然是神，我奶奶説的沒錯！」

「快開槍，別廢話！」湯瑪斯也叫了起來。

「神呀，饒了我吧，我不敢向你開槍了！」菲爾説着扔了槍，雙手舉在頭上抱頭求饒。

突然，「怪獸」一下就朝他們衝了過來，速度很快。

「嗷——」菲爾嚇得暈了過去，躺在地上一動不動。湯瑪斯和大衛扔了槍掉頭就跑。

看見他們衝自己這邊跑過來，博士馬上唸起隱身口訣，將所有人都隱了身。湯瑪斯和大衛慌慌張張地從大家身邊跑過，樣子十分恐懼。到公路的山坡本來不太陡峭，湯瑪斯慌慌張張，居然爬了兩次都沒有上去。

「大衛拉我一把。」湯瑪斯喊他的同夥。

大衛哪裏顧得上他，上了公路自己逃命去了。

「混蛋大衛——快來救我呀——快來救我呀——」湯瑪斯絕望的喊聲在空氣裏迴盪……

尾聲

回到尼斯湖水上管理處後，大家興奮得無法入睡，詹姆斯一個勁地誇獎本傑明導演的這齣好戲。

過了很久，他們才平靜下來。偵探所成員非常舒服地睡了一天覺，連機械狗保羅也休息了一天。

第二天，在肖恩的辦公室裏，所有人的精神面貌煥然一新，此時大家都非常興奮地在保羅身上的顯示屏前跟蹤那個「海怪」。顯示屏上清楚地出現了大海的畫面，這説明良龍已經游到大海了。海面上不時有浮動的冰塊出現，顯示屏上的經緯度顯示，牠在接近北冰洋海域。今天沒有收到任何丟失牛羊的報告，外面尼斯湖上的探險者依舊熱鬧，但是相信過不了一個星期，他們中的絕大多數人就會離去。

「大家快看呀！」海倫激動地指着監視器，「牠、牠找到同伴了。」

一隻、兩隻、三隻、四隻……足足有十二隻和「海怪」一個模樣的良龍爬在一個小島上，看見牠游了過來，「噗通」、「噗通」，有幾隻歡天喜地地跳下水迎了上去，其中有一隻小良龍游在最前面，樣子非常興奮。

「噢——」小良龍叫了起來。

「噢——噢——噢——」島上和海裏的所有良龍都叫了起來。

「那是牠的孩子吧？」海倫激動得邊流淚邊説，「牠們的媽媽回來了。」

推理時間

麥克警長，蘇格蘭場（倫敦警察廳）高級督察，南森和警方的聯絡人，也是一名大偵探，屢破奇案。當然，他所偵辦的都是人類世界中的案件。一起來看看他偵辦過的案件，運用你的推理能力，想一想他是如何破案的呢？

預測達人

一幢公寓大樓裏的5011室被盜竊了，業主特納先生守在門口，等着警方人員的到來。

他剛才回家的時候看到大門是開着的，門鎖也有被破壞的跡象，於是立即喊來了公寓管理員並報警。公寓管理員趕來後，看着被竊單位，一臉疑惑，因為這些都發生在特納先生剛出去的兩小時裏，可是他回想着剛才，沒有什麼可疑的人進了公寓呀！

麥克警長帶人趕到，他站在門口，向裏面看了看，裏面的兩個房間倒是關着的，客廳裏則有些混亂。

「完了，這下完了，我家的五顆寶石，七隻名貴手錶，十件金首飾全都被偷了，這可怎麼辦呀？」特納很痛苦地向麥克說。

「你回來後沒進過門吧？」麥克問。

「沒有，這我可知道，要保護現場的。」特納說。

「行了，別裝了，你偽造了現場。」麥克看着特納，冷冷地說，「你可真是個預測達人呀！」

「啊？」特納當即就愣住了。

麥克的一番話後，特納承認是自己偽造了現場，報了假案。

請問，麥克警長是怎麼判斷出特納偽造現場、報假案的？

答案：既然特納回來後就沒有進過房間，就不可能那麼明確地知道自己具體丟失了什麼，所以麥克警長諷刺他，說他是預測達人。

魔幻偵探所 2

尼斯湖擒怪（修訂版）

作　　者：關景峰
繪　　圖：陳焯嘉
策　　劃：甄艷慈
責任編輯：周詩韵
美術設計：李成宇
出　　版：新雅文化事業有限公司
香港英皇道499號北角工業大廈18樓
電話：（852）2138 7998
傳真：（852）2597 4003
網址：http://www.sunya.com.hk
電郵：marketing@sunya.com.hk
發　　行：香港聯合書刊物流有限公司
香港新界大埔汀麗路36號中華商務印刷大廈3字樓
電話：（852）2150 2100　傳真：（852）2407 3062
電郵：info@suplogistics.com.hk
印　　刷：中華商務彩色印刷有限公司
香港新界大埔汀麗路36號
版　　次：二〇一七年五月初版
二〇一八年九月第二次印刷

版權所有・不准翻印

ISBN : 978-962-08-6825-2
© 2007, 2017 Sun Ya Publications（HK）Ltd.
18/F, North Point Industrial Building, 499 King's Road, Hong Kong
Published and printed in Hong Kong